疯狂铁人ing

铁人三项入门篇

常江 ◎ 著

人民日报出版社

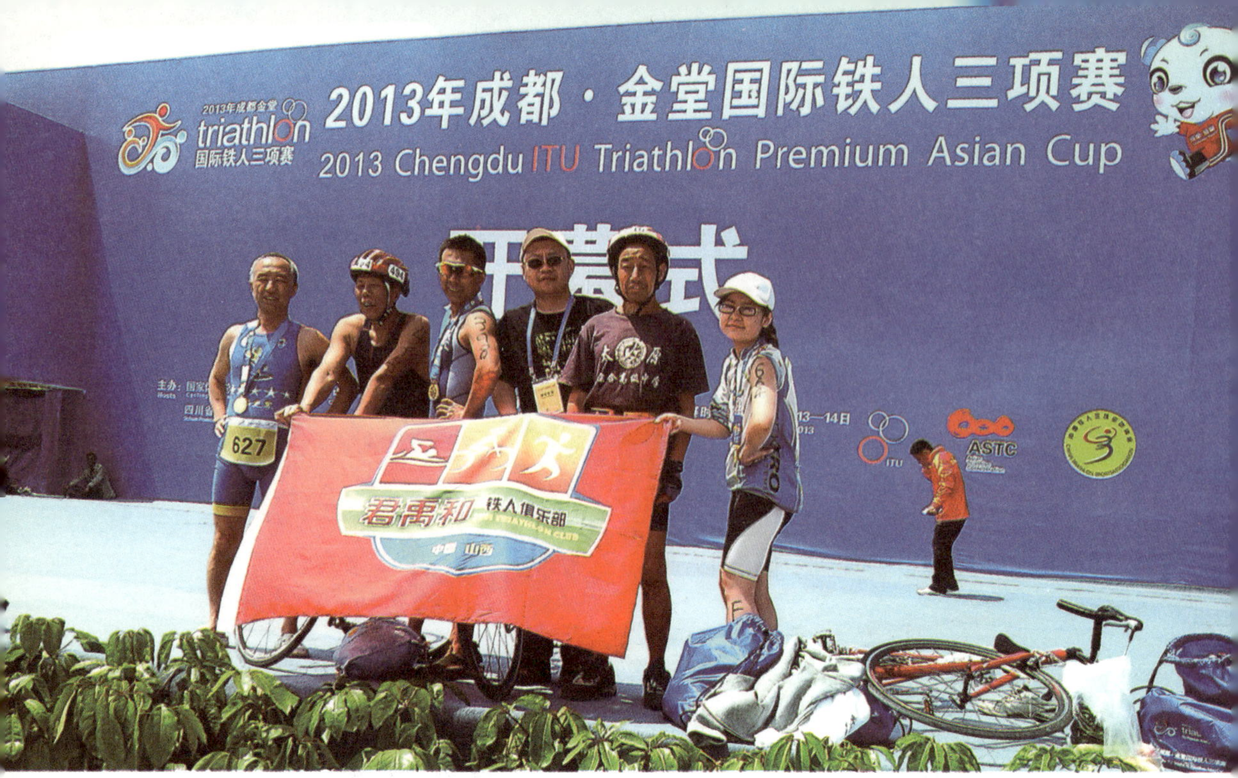
2013年成都·金堂国际铁人三项赛
2013 Chengdu ITU Triathlon Premium Asian Cup
triathlon
国际铁人三项赛
君禹和
铁人俱乐部
627
ASTC

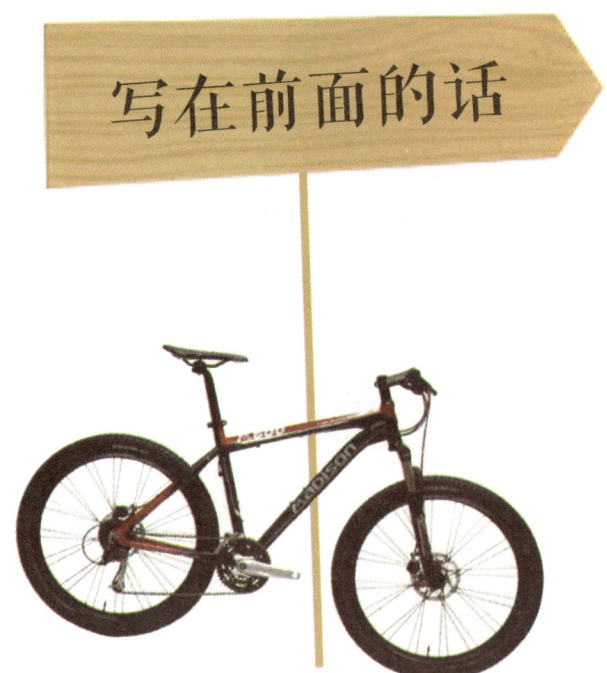

写在前面的话

　　我们这一代人是看着钢铁侠、超人、李小龙、霍元甲等铁汉英雄形象长大的，每个人心中都藏着一个巨人，都想成为铮铮铁骨的硬汉。然而梦想总是遥不可及，是不是应该放弃？青春如同奔流的江河，人到中年来不及道别，只剩下麻木的我没有了当年的热血。白天忙碌地工作、拼命地锻炼，夜里总是在无尽的梦中度过。

　　在千军万马之中，我手持长刀拼得血肉模糊、昏天黑地，突然一只冷箭刺穿我的胸膛，我倔强地对自己说不要倒下，不要……

　　在未知的星球上，我冻得瑟瑟发抖、浑身冰冷，依然意志坚定地搜寻着那个熟悉的蓝色星球，我渴望水、渴望空气、渴望温暖的阳光……

　　在深不可测、混沌的海水里，我找不到边际，突然水底窜出张牙舞爪的血红水怪，我拼命搏击……

　　在蔚蓝的天空，我学会了飞翔，刚刚飞过枝头就动力不足自由落体，好想能够展翅高飞去追逐雄鹰……

　　白天活在自我约束的17个小时，晚上做梦就是穿越，就是上天入地一梦就是几年、十几年……梦中总有一个影子让我拼命去追寻，每每在我疲惫不堪时——她就会出现，从她的微笑中让我感受到能量，永不言弃！

目 录
contents

第一章　抉　择

P001

每次带儿子去吃饭，他总有一个习惯，就是挑选食物时只选自己吃过的东西。我告诉他，很多东西不能只凭感觉，只有亲身体会才不会错过一些美好的东西。你不一定非要做第一个吃螃蟹的人，也不一定非要去摸着石头过河，但你可以尝试去突破自己，去追求更完美的自己。

第二章　一个月破掉 3 小时处女铁

P005

亮剑精神是我们最缺乏的精神，很多看似高大上的东西，只要你敢于亮剑、敢于参与、敢于为它付出努力，你就可以征服它、拥有它。铁人三项——我这个菜鸟做到了，你也可以！

第三章　折戟池州国际铁人三项赛

P051

生命中有很多事情需要选择，有时选择舍弃比选择拥有更困难，特别是要舍弃你已经付出很多心血和汗水的东西。我们活着不能只为自己，还要为亲人、为朋友，当你为他们舍弃时，会发现你其实得到了更多……

第四章　不跑长城非好汉　初生牛犊不怕虎

P075

人生就像一场马拉松，你可能经历痛苦、麻木、失望和迷茫，但只要你不停止脚步、不忘记自己前进的方向，你总会战胜自己，到达理想的彼岸。从现在开始，摆脱不良生活习惯，迈开你尘封已久的双腿，跑进大自然，马拉松会让你走进一个全新的世界，重新认知一个强大的自我。

第五章　宁夏石嘴山国际铁人三项赛的有钱人

P119

有付出才会有回报，有些物质和金钱回报看似微不足道，不成正比。我们把付出当成一种更加健康向上的生活方式时，你得到的收获将不再是常人眼中的金钱价值，而是金钱永远买不到的健康、快乐和幸福。

第六章 我的战车 我的梦

P135

你了解自己的动手能力吗？中国人最缺乏的就是动手能力，是懒惰？是习惯？还是生活压力大？我感觉是教育体制问题，当我们抱着书本照本宣科20年追求各种考试成绩的时候，我们失去了太多基础的生活体验和动手创造机会。一名学习优秀的大学生毕业进入社会后，常常会感到与这个社会格格不入，最大的问题就是动手能力差，书本上的知识根本无法解决实际问题，缺乏独立解决问题的能力。我曾经也是一个衣来伸手、饭来张口的"少爷"，到不惑之年才发现原来亲自动手可以解决很多问题，千万不要小看自己的双手！

第七章 嘉峪关铁人三项西游记

P155

三个不知天高地厚的精壮汉子，在西行戈壁滩上演绎了一出现代版的"大话西游"。从来没有过的经历才是最值得向往的经历。当落日把他们的身影洒在茫茫大地上的时候，西行一路洒落的汗水编织成一首苍凉歌，永远回响在心田……

>>>> 第一章
抉　择

> 　　每次带儿子去吃饭，他总有一个习惯，就是挑选食物时只选自己吃过的东西。我告诉他，很多东西不能只凭感觉，只有亲身体会才不会错过一些美好的东西。你不一定非要做第一个吃螃蟹的人，也不一定非要去摸着石头过河，但你可以尝试去突破自己，去追求更完美的自己。

日复一日，年复一年。上班20年来一直兢兢业业地为事业、为单位、为家人打拼。事业上我并不是一个成功者，因为大量电脑统计分析工作过早地让自己瘦弱的身体患上了颈椎病。我从2006年开始自学游泳，颈椎病不治而愈，更重要的是通过游泳为自己打开了一扇奇妙的大门，从此愈发喜欢上运动。40岁，还有什么理由去浪费生命？2013年新年伊始，我暗暗下定决心，8小时以内把工作干好，业余时间要给自己寻找更健康、更上进的生活方式……希望我这个普通人也能在自己的有生之年为家人、为朋友、为社会传递一点正能量，实现自己更多的人生价值。

万事开头难，到底应该做什么才能让自己活得更精彩？时光倒流，曾几何时，我有过三个梦想：在股市最热时曾经赚了点钱，为此我想做一个像股神巴菲特一样的投资家，但是中国股市的五年熊市让资本不断缩水，恶意炒作的市场到处布满了地雷和陷阱，能够真正像苹果、三星一样良性成长、稳步发展的上市公司在A股几乎无处可寻，更不可能造就巴菲特那样的股神；后来上演了

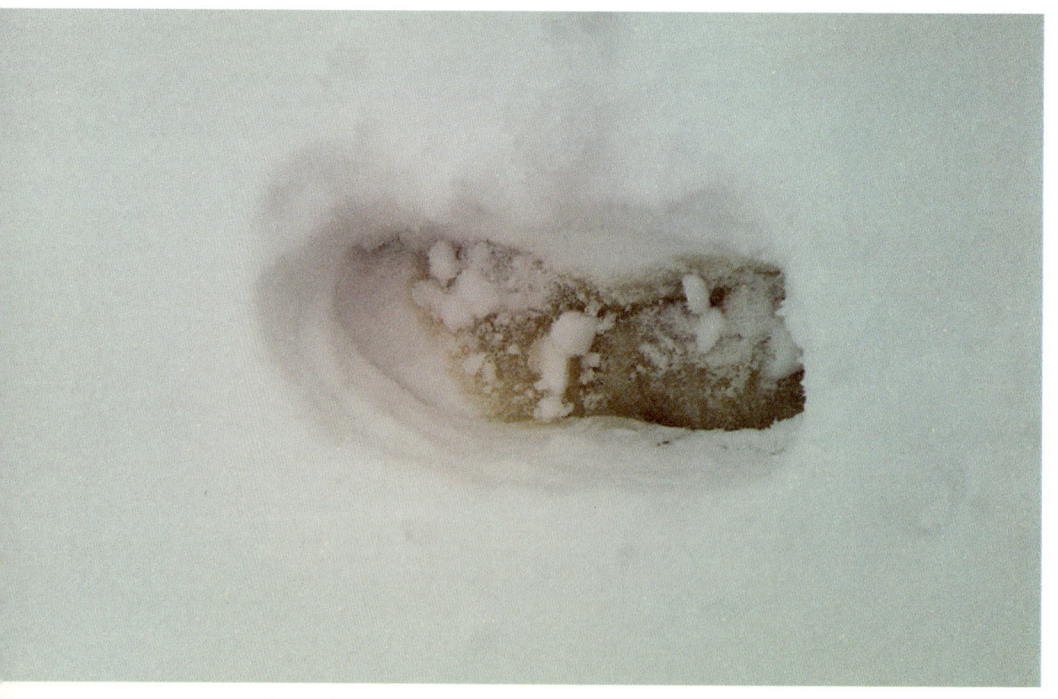

◆ 铁人路上的第一个脚印

第一章
抉 择

电视连续剧《李小龙》，我被李小龙精湛的功夫和哲人般的思想所着迷，一度也打沙袋、练器械，但想练就李小龙一样的武功已太不现实；自从2008年北京奥运会被菲尔普斯的蝶泳所征服，通过五年的自我摸索，时至今日，我的蝶泳水平在普通人中已属高手，但是要想在不惑之年达到菲尔普斯的蝶泳水平估计还得回炉再造……

◆ 迎泽西大街欢舞的蝴蝶

不惑之年，要想重新开始谈何容易，不管你是否以饱满的姿态拥抱生命，生命的脚步都不会因为你而驻足不前。引用小沈阳那句话，"眼睛一闭一睁，一天就过去了"，我能听见内心的呐喊："时不我待！"无意中，在某个网站上看到了铁人三项板块。看到很多和我一样的上班族的"打铁"日志，看着他们从最初的菜鸟一天天成长为能够克服一切困难，利用一切业余时间坚持锻炼、永不言弃的"铁人"，这种近乎残酷的"铁人"精神将我彻底征服。就是它！铁人三项——成为我40岁的再次点燃生命激情的钥匙。

首先我需要加入铁人运动团体，查询山西的铁人三项团体竟然一家都没有，心立马凉了半截。只知道铁人三项是由游泳、骑车和跑步组成，对如何训练、参加比赛一无所知。不能放弃，通过在网上不断查询资料、发帖咨询，终于让我找到了山西第一女铁人汾河飞鱼大姐的联系方式。在第一时间和她取得联系后，飞鱼大姐很热情地向我介绍了山西铁人三项活动的开展情况以及遇到的困境。由于山西没有官方注册的铁三俱乐部,山西为数不多的铁人们只能加入其他省的官方注册俱乐部,替其他省的俱乐部打比赛……飞鱼大姐又介绍我认识了山西铁人圈里的另一重要人物汾河老记,大家在一起交流时迅速产生了火花,达成了我们共同的意愿,尽快成立属于我们山西省自己的铁人三项俱乐部。中国铁人三项协会官方规定注册团体只能在每年3月前注册成立,3月后将无法注册。为了在既定时间内找到赞助商,我跑遍了所有能够想到的朋友和公司,天天约人吃饭谈赞助,结果都是无果而终。看着时间一天天过去,注册截至时间越来越近,希望越来越渺茫。就在春节前的一次同学聚会上,遇到了高中同学钩子。上学时他是班里足球踢得最好的,上班后经历过几次创业,目前虽然小有成就,但依然在为自己的商业梦想奋斗。当我正在为成立铁人俱乐部碰得头破血流时,抱着试一试的想法把计划书递给了他,没有想到第二天他就决定以自己公司的名义成立铁人俱乐部。

　　幸福你不知道何时来临,但只要你付出的足够多,它总会在不经意间悄悄来临……

>>>> **第二章**
一个月破掉 3 小时处女铁

> 亮剑精神是我们最缺乏的精神,很多看似高大上的东西,只要你敢于亮剑、敢于参与、敢于为它付出努力,你就可以征服它、拥有它。铁人三项——我这个菜鸟做到了,你也可以!

人生第一次"打铁"

3月4日

正式锻炼第一天,早晨7点半到单位爬30多层楼梯(上下),在健身房的跑步机上以13的最大坡度,用18速、16速、14速的速度一共跑了500米。除了体能锻炼,比赛装备也不可或缺。铁人三项运动的比赛必备装备包括:公路自行车、头盔、铁三服、跑鞋,其中公路自行车是所有装备中最贵的,种类和品牌也非常多,最便宜的两千元,贵的高达两三万、七八万甚至十来万元。工薪阶层的我囊中羞涩,又是20年之久没有骑自行车的初学者,只好计划先买一辆最便宜的练基础。下午下班去附近的捷安特店看了看,初步选定最便宜的捷安特Ocr3300公路车,估计2400元。

看完后骑公共自行车去游泳馆。春寒料峭,呼呼的风从耳边吹过,两只手冻得僵硬。近二十年没有骑过自行车,习惯开车的我已经非常不习惯自行车的路线选择,由于开车的习惯经常骑到汽车道上。身后的汽车嘀嘀声响成一片,就全当是为我加油吧!越骑越激动,扑面的寒风已经转换成为我降温的"空调"。

◆ 太原夜景

骑行8公里后到达游泳馆。换上游泳衣马不停蹄地跳进游泳池，开始我第二个运动项目。下水后完全没有平时游得轻松惬意，刚才骑行8公里后的疲劳感渐渐显露，游泳动作有些变形，扑腾来扑腾去终于坚持游了1500米，花了34分钟。革命尚未成功，加油！

游泳出来进行我第一次长距离跑，还没有买运动鞋，就穿着皮鞋背着双肩包（装着游泳装备，近2.5公斤重）在街道上奔跑，路过的行人用异样的眼神打量着这个着正装的跑者——以为出了啥急事。路边汽车尾气和灰尘充斥的冷气流强烈地刺激着我的鼻腔、胸腔，仅仅跑了1公里就鼻涕眼泪在脸上纵横交错，脚也变得越来越沉重，皮鞋夹得脚板生疼。坚持，要想成为铁人就必须对自己狠一点，再狠一点！气温只有5℃左右，我只穿秋衣裤加外套，但还是满头大汗，跑了5公里就跑不动了，用时38分钟。

又累又饿，正好路过饭店，进去吃了一大碗羊肉面，两个素包子，补充足能量后，骑公共自行车2公里回家。（太原为缓解拥堵的交通压力，新上马了公共自行车项目，用公交卡就可以在市区公共自行车点租赁公共自行车，使用一个小时内不收费，我也成了这项惠民政策的直接受益者。原来下班开车去游泳，路上特别堵，至少需要40分钟，现在使用公共自行车既锻炼了身体，又为缓解交通压力做出贡献，高峰时间还比开车快，一举三得，很开心！）

◆ 夜骑后在过街天桥拍骑行路线

再痛也要坚持

3月5日

　　早上醒来浑身酸痛，从来没有跑过5公里的距离，穿皮鞋跑步把脚上磨出了水泡，两条小腿像灌铅一样沉重。真想多睡会儿……大脑刚迷糊，内心一个强大的声音把我叫醒：想成为铁人就必须坚持！

　　果断起床，空腹跑到单位爬楼梯16层，跑步机最大坡度跑步3分钟500米，18速上跑200米，16速上跑200米，14速上跑100米。速度太快，在跑步机上坚持不了一分钟就得手握保护杆跑。跑完，身体就是那种快散架子的感觉，脚上

◆ 健身后大汗淋漓似洗澡

的水泡也破了。跑完再做健腹轮10个，然后跑步下16层楼梯去食堂吃两个鸡蛋，一盘菜，两碗牛奶，一个大肉包子。同事惊讶地看着我，你几天没有吃饭了？无法解释，只能报以微笑。中午一下班，食堂人太多，果断再爬16层楼梯，做健腹轮25个，核心力量锻炼20分钟。下午下班后骑车9公里，游泳1500米，其中1100米一次性完成，自由泳1000米后直接蝶泳100米。游泳出来跑步，昨天穿皮鞋跑，脚已经磨破了，跑3公里就跑不动了，用时38分，速度很悲惨！吃饭骑车回家。

期待我的"处女铁"

3月6日

昨天晚上11点半睡觉，一晚上梦魇不断，半夜3点醒来，翻来覆去睡不着，思绪万千；是昨天运动过量了？还是因为晚上10点跑完步，吃了一大碗羊肉面的原因？强制自己不想那么多，早上多睡会恢复体力，去单位后继续爬楼梯16层，以最大坡度在跑步机上用3分钟完成500米。晚上下班和刚刚成立的

◆ 迎泽公园晨跑，
  白牡丹花开

铁人俱乐部的朋友聚会，取消锻炼计划。虽然大家都不熟悉，但源于共同的爱好，自然一见如故，聊得非常开心。最关键的是，大家商定了一起去参加今年中国铁人三项运动协会举办的首场比赛，即4月12日在成都金堂举办的国际铁人三项运动比赛。

跑步回家，3公里用时38分，一路都难以抑制澎湃的心情，憧憬着我的处女铁的种种情景，但更多的是忐忑与压力，到现在我还没有骑过公路自行车，下个月就去比赛不是给山西丢人去吗？暗下决心，一定要抓紧先买个公路自行车练习，比赛40公里骑行可不是儿戏！

得之桑隅　失之东隅

3月7日

由于昨天晚上没有训练，连续几日的高强度运动给我这个铁人菜鸟带来的疲劳和伤痛有所缓解。早上起来一如既往地跑步到单位，爬楼梯16层，跑步机的最大坡度跑500米用3分钟。"打铁"以来，跑步取代了开车；爬楼梯代替了电梯。尽管如此，我现在最远就跑过5公里，而奥运规程的标准铁人三项比赛跑步距离是10公里。按理说应该在跑步机上多练匀速的长距离跑，但因为要上班，没有那么充裕时间，所以只能调高难度、加大强度让自己马上跑累，达到既节约时间又锻炼爆发力的目的。

上午外出开会，中午锻炼又泡汤了，晚上一下班就抓紧时间骑车去游泳，2000米自由泳连续完成用时45分，成绩还比较满意，均速基本达到了1500米的水平。出来跑步明显觉得体力透支，跑了8分钟就跑不动了，没有达到5公里的计划目标，无奈只好慢骑车回家。

三八节——女人的幸福，男人的痛苦

3月8日

早晨爬16层楼，20个健腹轮，没有上跑步机，感觉有点疲劳。三八妇女节，女同志都放假了，我只好一个人坚持岗位，忙碌一天能换来女同志们休息半天也是非常值得自豪的。这几天锻炼得有些累，今天忙碌着，感觉体力难以恢复，精神也萎靡不振，身上发冷。下班后晕乎乎地去游泳池，在游泳池边斗争半天才下了水，没有一点激情，只好放松游了几百米冲澡回家。

疲劳战术的结果——病倒

3月9日

连续一周的"高强度"、密集式训练铺天盖地地冲击着我身体的每块骨骼和肌肉，让我切身体会到了一位业余运动员所承受的疲倦和伤痛。睡眠减少导致休息不好，一向与我配合默契的身体终于提出了抗议——感冒！鼻涕流成"河"，喷嚏打上天。白天狼狈不堪地参加了朋友的喜宴，周围的朋友都对我"敬而远之"。白天没能运动，不甘沦为身体的奴隶，晚上坚持去游泳馆小游了500米后偃旗息鼓，只好早点回家休养生息。

打铁治感冒　疗效似"盖帽"

3月10日

昨天感冒了，明天要上班，今天必须给自己一个交代。下午先骑车34分钟11公里，紧接着跑1公里用时6分到游泳馆。游了1个小时，前44分钟连续自由泳

2000米，休息一分钟后，又用20分钟游了500米蝶泳。出来洗了个透心凉的冷水澡。每次游泳完就洗冷水澡，这个习惯坚持两年多了，受益良多，天热了正好降温，感冒了正好冻死感冒病毒。游泳出来继续跑步，5公里用时30分钟已经浑身大汗。感冒病毒没有被刚才的冷水澡冻死，也被5公里跑步累死了，再也不敢像昨天那么自以为是叫嚣了。

这时候"嘀咕嘀咕"乱叫的肚子提醒我该补充能量了，到饭店吃俩包子，一大碗羊肉面。吃完饭后感觉自己又能量无穷，骑车2公里用时7分到超市买两包酸奶下肚，浑身散发的能量把感冒病毒打得节节败退，自信心即刻爆满，边跑还边在微信上和朋友聊天。大家觉得我治疗感冒的方法太无厘头了，哈哈，我说"感冒对我来说就是个PP"！开心的一天，回家睡觉，明天上班继续战斗！

新的一周　新的开始

3月11日

经过昨日的强化感冒治疗，今天早上起来，感冒基本好了。早上上班跑步1公里，到单位爬楼梯16层，通过器械辅助做了几组力量练习。虽然我体格不大，但是经过近两年"艰苦卓绝"的器械锻炼，在普通人中肌肉还是比较有型的，但肌肉围度不理想。专业运动员每天吃的是优质牛肉和大量鸡蛋，肌肉增长快，线条非常好看；我是业余的，肌肉纹路能够达到这个水平也付出了很多很多汗水。

晚上骑车12公里，游1000米自由泳23分，跑步1公里。游泳到达这个水平再想进步非常困难，从网上找了很多自由泳的动作要领，但还是很难提高速度。1500米长距离自由泳是孙扬的强项，他那体形是我们小个子一生的痛。

跑步进步缓慢，游泳提高更难，看来跑步要加强训练了，毕竟刚开始跑，潜力还很大。

"咕咚"伴我行

3月12日

"打铁"开始以来，一直对自己的运动速度没有概念，今天要为大家强烈推荐一款实用性很强的运动软件——咕咚运动软件（免费的哦），可以记录走路、跑步、骑车的距离和速度。我虽然40岁了，却依然对新科技抱有极大的兴趣，有了这款软件就能自己分析自己的运动状态。我马上兴奋起来，准备把自己的跑步和骑车运动都记录在案，便于更加科学地运动。

早晨跑1.31公里，用时7.23分。上16层楼梯用时3.47分，做20个健腹轮等力量锻炼。下16层楼用2.51分钟。从今天起，咕咚运动软件就像我最忠实的朋友，勤勤恳恳地帮我记录着每天的运动轨迹，不断督促着我不断超越自我。

蝶泳——我的最爱

3月13日

今天早晨开车上班，没有跑步，爬楼梯16层上用3.22分，10个健腹轮及力量练习。下午工作好多，只能开车去游泳700米：500米自由泳、200米蝶泳。在没有准备铁人三项比赛之前，我最喜欢的泳姿是蝶泳，因为蝶泳属于力量型的泳姿，相同距离下蝶泳消耗的体能更多，能更锻炼腰腹力量和背部力量。但是铁三比赛要求的是速度，为了游泳阶段能够在省力的情况下提高速度，自由泳成为大部分铁三运动员的不二选择。所以我现在也多练自由泳，仅将蝶泳作为提高力量训练的辅助。准备游完去理发，所以运动量又减少了。

期待集体的力量

3月14日

离金堂比赛越来越近了，我的最短板——自行车还没有怎么练习过，还好自行车已经定购了，自行车头盔、骑行服、铁三服也都在网上选好了。铁三服关系比赛成绩，因此选择一个高端一点的品牌：2xu，澳大利亚专业铁人三项比赛品牌；头盔关系安全问题，于是选了一款性价比还不错的普通品牌；骑行服作为平时骑车训练用，因此买得便宜点。

早晨爬16层楼梯，做20个健腹轮。今天下班激动地通知俱乐部的兄弟们周末一起拉练一下自行车。我也抓紧和车行联系，准备明天提车。

♦ 我的首个公路车头盔和骑行眼镜

胯下一匹汗血宝马

3月15日

中午爬16层，做20个健腹轮。今天终于买上自行车了，最便宜的公路自行车捷安特风标2700，花了2000元。我和俱乐部的小兄弟文君各买了一辆。

下午提上自行车后，我就迫不及待地骑车进体育场疯骑了8公里，用时25.42分，第一次骑公路车，非常不适应上身下趴的骑车方式，总感觉头冲在最前面会很危险。不过公路车速度快，是我平时骑公共自行车完全体会不到的，

♦ 我的第一辆公路自行车

当然危险性也随着速度成倍增长。头盔是骑车时必须带的，养成良好的安全习惯才能体会到铁人三项给我们带来速度与激情的快乐。

向着铁腚冲

3月16日

期待已久的集体训练日终于来了，风和日丽、空气质量不错。难得的初春好天气，约好俱乐部的汾河老记、汾河飞鱼、小罗等成员聚在一起进行第一次集体拉练。

儿子上初中了，平时锻炼时间很少，今天周末叫他一起去训练，他也很激动。早早起来吃完早餐后，父子俩一人骑一辆红色捷安特公路车（文君不在，他的车我先骑着）开始向俱乐部集体训练目的地森林公园出发，骑车

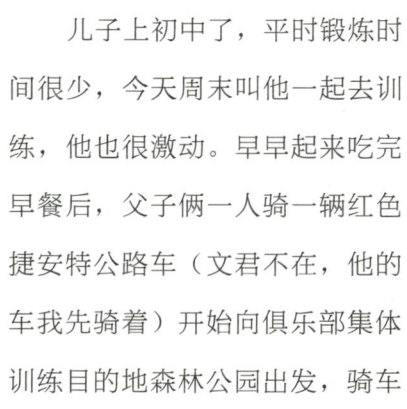

♦ 第一次俱乐部铁人训练上阵父子兵

> 第二章
> 一个月破掉3小时处女铁

距离6.61公里用26分，平均速度14.8公里/时。我和儿子都是刚开始骑公路车，很不习惯，在确保安全的情况下速度较慢，没有想到小家伙坚持骑了下来。说实话小家伙还是挺能吃苦的，每次和我出来从来不叫苦，从来不提过分要求，是我忠实的运动小伙伴。

到达森林公园时，大家已经基本到齐了，一起合影后先开始跑步训练，我第一次穿运动鞋跑。俱乐部的老记和小罗速度挺快，这一老一少跑步的节奏感很强，我去完洗手间出来一路追赶，终于在最后追上了他们。森林公园跑一圈5.39公里，用时31分，平均速度10.4公里/时，还比较满意。儿子跑了1公里就跑不动了，一路走下来也不错，毕竟平时运动很少，主要还是以培养他的运动兴趣为主。下午他还有课，所以跑完步，儿子就坐他妈妈的车回家了。我们继续骑行19公里，用时63分。

滨河路春意正浓，迎春花和桃花争奇斗艳，已经融化的汾河静静地躺在那里，经过一冬天冰雪的沉淀碧绿如玉。路过斜拉桥时，老记停车要在河里游泳，这天气、这水也太冷了吧？老记是个冬泳爱好者，数九寒天时也破冰在汾

◆ 第一次俱乐部铁人训练骑行中北大学

河坚持游泳,看他个子不高、身材一般、谢顶,但是他的意志力真强大。欣赏了老记的全裸冬泳,集体训练到此结束。

我骑车17.37公里回家,用1小时,平均速度16.9公里/时。第一次长距离骑车给我最大的感受就是屁股好痛——公路车为了发力,车座设计比较硬,一般人要经过长时间的训练才能磨出不怕痛的铁腚,我这个新手这段时间可要慢慢享受磨屁股的痛苦了!

上午进行了初步的骑跑两项训练,还缺少游泳训练。下午睡了一觉,起来感觉屁股好点。开车去游泳1500米,用时34分,没有丝毫进步。

继续练铁腚

3月17日

昨天骑车把屁股磨得火烧火燎,浑身肌肉酸痛,睡到自然醒,起来想办法灭灭火去。开车拉上公路自行车继续上滨河东路一个人练习骑、跑两项。先

◆ 在中北大学拉练

骑车5.63公里用时13分，平均速度24.4公里/时，这是我骑车以来创造的最快速度！5公里多屁股就相当不舒服了，改跑步，跑步4.04公里用时24分。就这点运动量已经让我不想再动了，改去游泳。游泳馆放松游泳1000米算是排酸吧。

这个周末锻炼就这样马马虎虎地画上了句号，看来骑车是特别需要花工夫训练的，不然在金堂只能去丢人。

开辟新战场

3月18日

周一往往是最忙的一天，一般周末大家都抓紧休息，以应对周一高工作量的摧残。我却恰恰相反，周末的高强度锻炼，周一上班反而成为休息。不得不承认，脑力劳动确实比体力劳动轻松，向体力劳动者致敬。

今天早上上班先爬楼16层，力量锻炼用时20分。晚上下班7点多了，不能让自己太轻松，于是开车到山大游泳馆，先去水泥地的小操场绕圈跑步4公里。单调的绕圈跑略显枯燥，但是大学校园里初春温润的空气要比大马路上好多了，跑完小游1公里回家。回去继续研究自由泳到凌晨1点，看着菲尔普斯的自由泳，大脑里浮现出我的动作，努力寻找动作差距……

自由泳突破真难

3月19日

一天没有骑车，屁股感觉好点。上午爬楼32层，做健腹轮20次，力量训练用时15分。晚上骑车去游泳，游了1500米用时34分，虽然没有进步，但感觉没太发力，估计是进步的前兆。随后练习侧身打腿，这个动作第一次练，感觉不错，打25米就气喘吁吁，练了七八组后去泳道实践，打腿稍有了点力度，平衡感也好很多。最后游100米蝶泳，100米自由泳收尾。从6点一直折腾到9点多滴水未进，饥渴难耐，出来先跑1公里多去超市买了两包酸奶喝。

没喝两口电话响了，领导很信任我，这么晚还给安排工作。接完电话开始跑步，跑到家4公里多……这就是我追求的幸福生活，虽然有点枯燥，虽然有点疲劳，虽然常人难以理解，虽然我的速度还不太快，但我很满足。人生就是奔跑，我能输给金钱、权力、地位，输给任何人，但不能输给我自己！

笨办法也要坚持

3月20日

不是专业运动员，没有专业训练场地，白天还要正常上班。作为一个业余铁人，要克服的困难旁人无法想象，这或许就是铁人三项深受国外许多高端白领人喜欢的原因。

周一锻炼得挺累，周二还要继续吗？运动就像吃饭一样，一天不吃也饿得慌，哈哈。早上小跑1公里后做爬楼梯锻炼，中饭前增加爬楼梯和健腹轮锻炼，健腹轮可以锻炼核心肌肉力量，特别是对腹部肌肉和背部肌肉锻炼有很好的效果。从站立式的两三个到现在的十个左右，虽然提高不快，但是我能够感觉到腹部脂肪在燃烧，小肚腩在一点点减少。

下午下班又恢复公共自行车骑行锻炼。之所以骑公共自行车，一来铁腚还没有练出来，二来骑车去游泳没有办法存车，怕我的"汗血宝马"丢了。骑车5.93公里用时23分。游泳1公里后继续跑步7公里回家，虽然锻炼强度不大，但是对我这种刚入门的菜鸟来说，能够同时练完三项也不容易了！

公共自行车也能飙车

3月21日

早上和中午继续爬16层楼梯,最快还是3分10秒左右,上楼做健腹轮各20次。上午的运动已经成为一种习惯,锻炼完感觉不到累。晚上去骑车游泳才是每天的大餐,骑公共自行车多了,速度也越来越快了,虽然公共自行车又笨重又难骑,但是每次还是全力以赴勇往直前,经常骑着公共自行车超电动车。

晚上游泳1500米自由泳依然是34分,没有进步。继续练习侧身打腿,比游自由泳累多了。打腿想取得进步真难,每次只能打25米,可悲!

周五偷懒

3月22日

四天都坚持下来了,周五最后一天有点不想动,别人周五想周末怎么休息,吃什么、喝什么、玩什么,我是谋划去哪里好好"折磨"自己。

今天继续练习爬楼梯和力量训练,晚上开车去放松游泳,总是游长距离确实枯燥。

单枪匹马战狂风

3月23日

骑车一直就是我铁人三项中最蹩脚一项,正好是周末,想借机好好恶补一下。大早上起来就决定计划采取"非常六加一"训练计划。

我的"非常六加一",可与李咏没有一毛钱关系,是骑车60公里加跑步10

公里。一周锻炼挺疲劳,早上睡到自然醒,恢复体力。

9点50分才开车到森林公园,公园晨练的人早已经散去,现在是我的天下。沿着公园跑步路线跑了两圈,已经汗流浃背,10公里用时56分。公园里不让骑车,只能装好公路车上滨河东路拉中北(中北大学),公路两侧桃花盛开,汾河静静思量。我先骑车到中北大学一个来回,大约29公里,想测测到底均速能够达到多少,毕竟骑车才刚起步,心里一直没有底。结果用时1小时13分,吃奶的劲都用上了均速才每小时24.4公里,以后就以这个数据为基础练,看看逐步能提高多少。

骑完第一圈吃点东西后又信心满满直接拉第二圈,突然狂风大作,风吭哧吭哧地在滨河东路上肆意狂舞,骑行到5公里时自行车前盘换最小盘,后换最大盘也顶风骑不动,耳朵里全是土,顶风咬牙前进,又坚持了3公里,实在无法前进只好返回。第二圈骑行16公里,用时50分,平均速度每小时19公里。顺风骑,速度好快,最快时速达到37公里,从来没有达到过的速度,着实让自己心

◆ 疯狂铁人俱乐部的首秀

惊肉跳了一下，上演了一场现实版的《速度与激情》——这就是户外运动的刺激，没有彩排，没有预兆，你只能靠毅力默默坚持。虽然挑战"非常六加一"失败了，但我的心却飞向了金堂……

模拟铁三 "孤独"求败

3月24日

昨天运动效果不错，能不能连续战斗呢？睡个懒觉，起床后继续发扬独立作战精神。中午把车停在山西大学，吃了三个锅巴，喝了一瓶露露，就开始了我的新征程。

先在山大操场绕圈跑步5公里，用时27分40秒，大中午的绕圈跑让校园里的同学感到很奇怪：这个人顶着烈日在空旷的操场上发什么神经？别人在午休，我在狂奔，自己也觉得好笑。跑完5公里骑车从山大出发，走龙城大街，到滨河西路，去晋祠来回36公里。速度太慢，总用时1小时51分，腰都快累断了，平均每小时才19公里，很郁闷。骑回到山大已经7点了，操场上运动的人挺多，忍不住继续在山大操场跑10公里，56分钟，终于爽暴了。

接着去山大游泳馆游泳1.5公里，用时35分。游泳出

◆ 敢参加就是好样的

来感觉自己已经变成一头饿狼,直接"杀"进饭店狂吃。自从练上铁三,吃得多了,体重却轻了,努力吃也补不回来消耗的,真是减肥妙药呀,可惜我是个瘦子。

今天算是我的首次模拟铁三,虽然骑车距离不够,但是路上环境险恶,车流、人流错综复杂,在确保安全的前提下骑行了36公里,加上跑步和游泳,粗算完成奥运标铁51.5公里需要211分,近3个半小时,好慢!骑车是我的最弱项,是不是因为菜车的原因?第一次模拟铁三就这样狼狈结束,我相信这绝不是我想要的终点,继续加油!

周一反成休息日

3月25日

白领一族总是头痛周一上班,而我却总对周一抱有好感,周末两天大运动量,让我的小身板疲惫不堪。周一工作再忙也是坐着干活,相对于周末高强度训练可以忽略不计。

早上起得晚了没有锻炼,下午下班骑公共自行车6.5公里用时28分35秒,路上车多人多,真骑不起来。放松游泳1000米出来又跑步4公里,骑行3公里龟速回家。

按部就班

3月26日

遇到困难无法突破时就要想办法另辟蹊径,否则既浪费时间,又达不到效果。骑车训练就是这样,如果没有公路骑行条件,就要想办法变通。

早上跑步距离1.33公里用时9分——无语的速度。爬楼16层玩单位的健身器材，有个动感单车共8个档位，我放在第三档上骑行5公里，用时11分，累得汗流浃背。整天都特别忙，晚上开车去游泳1000米自由泳用时22分，无提高。

渴望公平的比赛

3月27日

花费自己一年时间的创新产品又无疾而终了，虽然我只是想简单地做点有意义的事情，但往往被旁人看成想出风头的另类。所以我渴望一场公平的比赛，渴望金堂铁人三项，让我们用实力说话，纵使我不能完成比赛，也输得无怨无悔。

今天忙得头昏脑涨，心情不好，在健身房胡乱打沙袋发泄，晚游泳1000米用时22分，仍然没有提高。

加强核心力量

3月28日

核心力量是一切运动力量的基础，上周骑行总是感觉腰酸背疼，是核心力量不足导致。最近抓紧核心力量训练，上午跑步1.28公里用时7分，然后爬16层楼，骑单车平台第三档11分，距离5公里。然后进行几组简单力量训练。

晚上下班后继续核心力量练习半小时，开车去游泳1500米用时35分。游完后跑步1.33公里用时8分。

千篇一律有点枯燥

3月29日

在没有前途的工作岗位，重复着没有任何创意的工作更是枯燥，而每天的运动内容也完全相同，那枯燥真像一把大火，让你浑身焦躁不安。

早晨继续跑步1.3公里，用时9分，爬16层楼梯，骑行平台第三档5公里，用时10分。

还有什么比放弃更容易

3月30日

俱乐部小罗是山西大学体育专业学生，去年铁人三项比赛中两站都拿过第一；文君则是军校刚毕业的小壮汉。今天我约上他们一起骑车去晋祠，一是试试经过这几天的训练骑车水平有没有进步，二是揣摩下小罗这样的骑车高手到底是怎么样骑车的。

早上10点33分我们在龙城大街祥云桥汇合开始骑行，一路上你追我赶。还是小罗厉害，骑得很轻松，文君爆发力也很强，而我只能拼命跟随。骑一会儿就腰痛屁股痛，骑到晋祠宾馆距离16.55公里，用时39分，平均速度25.2公里/时，三人在这里合影后继续向山西大学返程。

返程实力差距就更明显了，小罗可以轻松甩掉我们，我一路拖后腿，太自卑了。骑到山大23.69公里，用时1小时14分，平均速度降到19.0公里/时，骑车的耐力还需要好好锻炼。骑行完，两个小兄弟都有约会撤退了，剩下我一个人顶着骄阳、饿着肚子继续练跑步，在山大操场上像头驴一样转圈圈。骑完车，腿部力量明显不足，一直不想跑，特别是跑到5公里时又累又渴，真的不想跑了。300米一圈，5公里绕了16圈多，路人都在想：这人神经出了问题，大中午不休息在操场上疯跑。在一片接近空白的大脑里我哼出这个小调：

我一个人
独自在继续
走在伤痛里，闭着眼回忆
岁月锋利
那是最最致命的武器
谁也无法
把曾经都抹去
还有什么比放弃更容易
还有什么比倒下更有力

　　一首歌倒出了内心的苦楚，回味着工作上的种种失落，努力努力再努力，依然得不到一点点成功的安慰，反而遭到的是别人异样的目光。还是一个人奔跑吧，让汗水洗刷内心的苦楚，让阳光蒸发心头的迷雾，坚持、坚持！腿沉得

迈不开，但只要心打开了，再累都能坚持，跑到9公里时看到了完成的希望，全力冲刺！仿佛看到了铁三比赛的终点，仿佛看到了为我加油呐喊的兄弟，仿佛看到了天堂的母亲在对我微笑……10公里用时1小时5分，不容易！我轻轻地安慰着双腿，继续迈着坚定的步伐，残酷地走向了游泳馆。

周末游泳馆人挺多，泳道也比平时少一道，只能劈波斩浪一路超越人，经过骑车和跑步的折腾，感觉体力不足，特别是超人时爆发力不足，往往会被蛙泳脚捎带上，没有怨言，谁让我要追求速度，被踢被抓我都认了。一口气游完1500米用了35分。又一次模拟标铁完成了，通过简单的时间累加，估计一个完整的铁三比赛我需要用时3小时35分，但这每项中间休息的时间肯定要比实际比赛时多得多，标铁4小时关门，目前的水平真是让我担忧，不继续努力首场比赛就可能兵败金堂！

千树万树梨花开

3月31日

天气暖和了，虽然有点西北风，但是空气质量很好。汾河两岸桃花朵朵开，在优美的环境中跑步就是一种享受。今天衣服穿得少，阻力小，人也精神，昨天练完后身体还是比较疲劳，但想想离我的首个铁人三项比赛已经不到半个月了，还是咬牙坚持吧。上午跑步9.6公里用时53分，以放松跑为主。

下午继续泡游泳馆，最近总是练1500米连续自由泳，虽然速度提高不了，但是不像刚开始那么累了，用时34分。自由泳打腿比较乱，身体平衡不好，游泳线路不直，以后可以适当降低速度要求，先把平衡掌握好。

>> 第二章
一个月破掉3小时处女铁

◆ 迎泽西大街一枝梅

◆ 迎泽西大街的蝴蝶

3月训练总结

3月4日开始第一场铁三比赛训练,3月骑行总距离281公里,总用时986分,平均每公里用时3分半;跑步总距离102公里,总用时682分,平均每公里用时6分半;游泳总距离26.2公里,总用时660分,平均每公里用时25分;爬楼梯326层,健腹轮130个,其他健身用时215分。本月全部锻炼总用时2543分,这就是我铁人三项训练的起点,我要不断刷新自己的纪录,不断挑战新的高度,加油!不服输的老男人!

◆ 吹僵的小白脸

愚人节不能愚自己

4月1日

每年愚人节总会被别人戏弄,今天也得想办法戏弄一下别人。想逗一下同事,总是不好开口,也没有点子。同事告诉我楼下有快递,我急匆匆跑到楼下,问了一圈也没有,恍然大悟,又被愚了。本来就不聪明,自从练上铁三,四肢发达了头脑更简单了,愚人……

早上爬楼16层,骑行平台骑车10公里,累坏了,从来没有在骑行平台上骑这么多,比骑车都累,热得感觉头上都冒烟,难道是发动机烧了?用时23分钟。下午下班去游泳2000米用时50分,没有长进只能继续坚持。

奔跑在家乡的小路上

4月3日

我的老家在徐沟的一个小村庄,从小没有在这里生活过,记忆中只有儿时一两次回老家的片段。父母家在距离不算太远的两个村子。母亲家有三个兄弟、四个姐妹,在早参加工作大舅的拉扯下,母亲成为家里唯一一个大学生,父亲当时在甘肃当兵,经人介绍他们走在了一起。那个年代军人的地位高于一切,为了军婚,母亲放弃了家乡的舒适生活,与父亲背井离乡来到甘肃的一个小城市。

在那个通讯闭塞的年代,母亲和兄弟姐妹们心灵却是相通的,浓浓的亲情让他们不管身在何方都能够感受到彼此的心跳。甚至有几次在完全不知情的情况下,他们在异地擦肩而过的大巴上能够奇迹般地感觉并发现对方,趴在车窗上呼唤对方的名字……

我的姥爷去世早，我没有什么印象。姥姥活了近90岁，每年姥姥的生日和过年的时候都是母亲一家最欢乐的日子。大家天南地北拖家带口聚在一起，就为看老母亲一眼，和老母亲说说话，大家都珍惜和她老人家在一起的分分秒秒。三舅、二舅英年早逝，但大舅和姨姨们都把他们的孩子当成自己的孩子一样爱护。潘家门从来都是团结和睦的一家人，大家不分彼此，相互帮扶。上一辈的亲情深深地感染着我们这一代人，虽然我们没有在一个院落里一起成长，但是不管兄弟姐妹们身在何地，心却永远紧紧相连。每次回到老家都会为兄弟姐妹的深情而感动，淳朴的亲情不需要华丽的语言，它就是一个眼神、一句问

◆ 我的第一辆公路车

候、一碗家常饭……

前两年大舅也走了,今天是他回归故土的日子,潘家十兄弟们又聚在了一起,在村里的祖坟旁搭起了棚子,兄弟们轮流给大舅守灵。树还刚刚发绿芽,庄稼也没有怎么生长,一棵大大的柳树庇护着祖坟,这棵柳树是三舅去世时插在坟头的哭丧棒长大的。三舅在我很小时就去世了,我都没有任何记忆,但是他坟头的这棵柳树却一直茁壮成长,从一根小木棍成长成一棵根深蒂固、枝繁叶茂的,两人难以合围的大树。它在这一块平坦的土地上拔地而起,独树一帜,真是太神奇了。而三舅家三兄弟在三舅妈的拉扯下,在"亲亲潘家门"的关怀下,也像这棵神奇的大树一样从一穷二白的孤儿寡母奋斗成了村里数一数二的旺族。

一早就把大舅的骨灰从机场迎到村里,在村头的灵棚里安置,等待明天入土为安。兄弟几个一起守灵,难得聚在一起。看着姨姨们,我想起了去世多年的母亲。牵挂我的人是您,牵挂潘家门的人还是您,今天大舅回到故土了,落叶归根了,您也该放心了。

想到母亲心里一阵心酸,想起母亲沿着乡间小路奔跑吧,这里曾经是母亲成长的地方,她童年的足迹还在吗?我放开脚步和飘扬的思绪随意地奔跑,用心去呼唤母亲——用脚去感受这块生育潘家门的热土,不知不觉中跑了10.87公里,用时1小时1分。没有什么准备,直接穿皮鞋跑,跑完脚上磨起了水泡,但心情却舒畅了很多。

情深深 雨濛濛

4月4日

凌晨五点就醒来,大舅家的三个表兄弟在坟地守了一夜,潘家门个个都是大孝子,这是父辈们的优良传统。我和二哥去替换他们回来洗漱吃东西,上午一切都进展顺利。中午大哥回请太原的兄弟们，潘家九个兄弟加我大家欢聚一堂。大哥建议在微信建"亲亲潘家门"，加强亲朋们的沟通。边喝酒边在微信里加人，一会儿"亲亲潘家门"就正式成立了，30多个老少爷们有了自己的"家"，大家希望通过微信传递家族正能量，让我们生活得更美满、更幸福、更团结向上。

中午吃完饭，陪宜昌的三个哥哥去太原晚上见亲戚，又喝一顿酒——把一年的酒都喝够了。吃完出来有点小雨，太原是个缺雨水的城市，有雨的日子就是好日子，大舅今天回归故里入土为安，真是长江之水天上来，把宜昌长江三峡的水升华成雨水滋润着三晋大地。喝完酒淋着小雨小跑一会儿，雨滴散落在我的身上舒服极了，那是大舅在给我输送长江的能量，放开脚步去追求速度吧！跑步距离2.87公里，用时13分。

在雨中我告别您，在夜里我想念您，在春天我们相聚，在生命里我离不开您。"亲亲潘家们"——祝愿九兄弟和家人幸福安康！

告 别

4月5日

大哥、三哥、八哥今天要走了，我请了两天假了，不能再继续请假了，因为无法与大哥他们告别了。不过有二哥、四哥、五哥们在，也不需要我操心，希望下次再聚不会太遥远。

你们是那今天的云
还是昨天淋滴的雨
在告别吴村的兄弟

第二章
一个月破掉3小时处女铁

还唱着曾经童年歌谣

在人潮汹涌的都市

寻找内心完美的自我

你是不是有些在意哦

无数个夜里悄悄地思念你们

今天的风里系着你们

每天的清晨里轻声地呼唤你们

醒来的梦里在微笑

想说回来吧,并不是很容易的事

那需要太多的机遇

想说回来吧,也不是很容易的事

我只有矗立在风中想你们

没有告诉我为什么

你们走了

这段时间又多添了一份

我对这些好日子的回忆

想要对你们说回来吧,我依然非常非常想念兄弟

可所有的语言显得这么无力

祝愿我的九个兄弟如九个太阳,能够在5月18日太原再次团聚!

桃花朵朵开，跑步快快快

4月6日

周六放假了，天气不错，虽然有点冷风，但优质的空气胜过一切，今天计划测试一下自己骑行40公里到底需要多长时间。11点才到森林公园门口，穿着骑行服，格外扎眼，路人都向我行注目礼，没好意思多跑，跑了2.4公里热身，用时11分钟。休息片刻后骑行40公里，用时1小时31分，平均速度26.4公里/时。一路下来，感慨良多，没有路人的热情鼓舞，也许我不会成功拿下40公里骑行记录。当春光美景激励我骑行时，正能量也变成一道风景，一路上好多人为我加油，还有徒步的美女送水给我，我一下子就打破了自己的40公里骑行记录。

虽然风很大，虽然刚买的骑行衣太薄太拉风，光脚穿凉跑鞋冷飕飕……但我依然热血沸腾！给我一个杠杆，我能撬动地球不？铁人不需要理由，只需要加油！骑完40公里又放松骑了7.82公里，用时长25分，平均速度18.3公里/时。骑行结束去放松游泳1000米排酸，没有速度，只有享受。

♦ 我的第一身骑行服，初春穿单衣骑行

♦ 那桃花盛开的地方

回到西山备战节奏

4月7日

虽然是周末,但是调休后也要上班。上午上班抽空跑步2公里,用时13分23秒。在西山一路慢上坡,还真不适应。下午去游泳2000米,下水前在山大操场小跑2公里热热身,用时12分32秒。买上铁三服没有穿过,今天第一次试穿,感觉还不错,有种如鱼得水的感觉,只是担心在露天情况下穿这么点游泳会不会很冷,特别是游泳出来全身湿漉漉地骑车不会冻感冒吧?真担心金堂铁三比赛时咱这小体格经不起这样的折腾。

时间越来越紧张

4月8日

自从被临时抽调到西山搞课题研究,大部分时间都耗费在路上了。锻炼时间没有保证,只能利用工作空闲去锻炼。今天早上又是饭前跑步5.6公里,用时31分。下午下班后游泳2公里,用时45分。没有系统的训练就不会有好的效果,金堂我的处女铁注定一波三折,业余选手想打铁真不容易!

狂风吸土

4月9日

人说山西好风光,原来是指山西风大,把土都吹光了。真是风光得太厉害了。今天飞扬的尘土仿佛让我以为回到了20年前的西山,那时西山荒凉至极,污染严重,每天下矿跑企业,一路上呼吸的不是空气,而是黑色粉状煤渣。现在比起以前虽然发生了天翻地覆的变化，但是风一吹仍然好像穿越到了从前。有点不想出去跑步，因为我早已经穿上了单衣单裤，风大土大跑起来会相当受罪，可是想想离比赛没有几天了，还是坚持跑跑吧。

上午在西山跑步6.3公里用时37分。下午下班去山大校园跑步4公里，用时21分。游泳2000米用时48分。马上比赛了，今年还没有在公开水域游过泳。我还需要在游泳池里练练鳄鱼眼，因为总是看不清前方，最担心比赛时游错方向，1.5公里游泳如果游错方向就可能游成2公里，直接影响比赛成绩。

心跳一直在加速

4月10日

这两天总是睡不好,想到马上就要参加我人生的第一次国际赛事了,比高考还紧张,总怕换项出问题:游泳出来换项,带号码布、头盔、跑鞋然后再推车……激动得有点失眠。

上午在西山跑步7公里,用时41分,从培训中心跑到西矿街顶头。20年前每次到这里都是坐公交车,我感觉很远,现在跑步过来却很轻松,难道打铁让我年轻了吗?晚上继续游泳,马上要比赛了,节省点体力吧,放松游泳1公里回家后准备出发前的东西。

新手上路,请多多包涵

4月11日

今天工作很忙,明天去成都的东西还乱得没有整理,只游泳2000米用时50分。练铁三不到1个月,骑自行车加起来没有10天,就这样去参加比赛是不是太不严肃了?相比较水手等一大批铁人几年如一日地锻炼,我是不是太不尊重这个运动了?不管成绩是否悲催,先在这里给各位真正的老铁人们道声歉:新手来了,只为学习,重在参与。

战火未燃　高手过招

4月12日

早晨6点出发，正式飞向我挑战处女铁的天堂——成都金堂！

金堂人民真热情，早早就和我联系了接机和住宿等事宜。飞机还没有停稳，接机人的电话就打进来了，让我决定用最激情的比赛来回馈友善的金堂人民。这次征战金堂，我们山西君禹和铁人俱乐部来了12位大侠，9人参加比赛，3人为专业啦啦队。其中两男两女都是为处女铁而来，其他5名都是年过半百的老铁人，65岁的铁娃、66岁的赤脚大仙金文老师、55岁以上组的汾河老记、女子55岁以上组洪大姐、东丽姐。

感谢老师傅们的细心帮助和关照，让我们这些打酱油的选手们没有绕任何弯路，也没有因为其他比赛琐事分心，来了就能好好品尝成都美食和感受国际赛事的兴奋和快乐。

◆ 文君和新婚妻子一起奔赴成都金堂共度蜜月铁三比赛

安排好住宿，下午大家一起骑车去试水，遇到国内铁人三项的顶级人物：党旗、北京水手和张楚，各种激动和幸福不约而至。三位大侠均身着胶衣，我第一次见胶衣是在美国大片的银幕里，今天有幸看到现场版，非常羡慕，亲手摸了摸，还帮北京水手拉上拉锁——能够给自己心目中的铁三英雄帮忙，非常有荣誉感！他们下水那叫一个快，等我上洗手间的工夫他们已经游得没有踪影了。大侠走了俺就敢要耍大刀了，叫上我的小兄弟下水，文君没有在公开水域游过，游了100米就惊恐万分，上岸后要打退堂鼓放弃比赛，连喊"太恐怖"了。我今年也没有在公开水域游过，下水真的好冷，可是榜样的力量是无穷的。虽然没有胶衣，但咱有的是肾上腺激素，下水冲了300米，其中蝶泳100米，看着远处的浮标，还真不敢游过去。

晚上火锅的干活，喝上二两当地的药酒，一切担忧随风而去。我鼓励我的小兄弟：没事，明天上街买"跟屁虫"（类似游泳圈的安全保障工具），就是死也不能把咱山西人的脸丢在金堂。住的酒店离赛场14公里，这两天只能骑车去赛场，仅骑车去比赛就累得够呛，一天骑了30公里，比我平时骑车训练还大。

不看不知道，一看吓一跳

4月13日

上午骑车去看专业组的比赛，去得晚了，没看上游泳比赛，只看见骑车和跑步比赛。看到骑车这个项目，不禁倒吸一口凉气：我的天呀，骑车怎么都挤在一起？我要是中间那个人还不吓死，万一骑不稳还不被大家碰倒？好担心第二天自己比赛时被大家包围住的感觉。

下午又骑车去游了750米，这次感觉19℃的水温挺好，游了一个标准的半程距离，上来有点喘，真希望比赛时水温能再高点。今天去两次赛场骑车60公里，有一段自行车道中间有坑，差点摔倒，要是受伤就完蛋了，骑车是我的短板。晚上收拾各种比赛准备物品，啥也不清楚，还好有铁娃老哥和汾河老记帮助。11点多才睡觉，但梦里全是骑车的各种磨难，做一个铁人真不容易！

处女铁，我来了

4月14日

这个让我期待已久的日子终于来了，早上六点就起来喝水收拾东西，出门吃一个鸭蛋一碗粥，骑行15公里去赛场。里面穿铁三服，外面套骑行服，路上看见许多选手骑着专业TT车，羡慕嫉妒不已——我骑着2000元的捷安特太寒酸了。

检录时光脚写号码，地好凉。有些想上卫生间，但已经没有时间了，紧张得连准备的巧克力也没有拿出来。不到九点开始准备排队下水了，紧张的感觉仍然没有平复。看着水手从容应对，和我一样也是处女铁的399号也不慌不忙，我焦虑情绪有所缓解。裁判说每人可以自己选个位置准备下水，我反应挺快，马上抢到47号位，正对浮标。正在暗自高兴，没想到旁边突然挤进两个大汉，5个人挤3个号的位置，怎么游呀？看来出发要小心点，不要被他们踩到水底……

发令枪一响，我就冲出去了，真是翻江倒海呀，奔腾的水花一下就让我迷失了方向，看着人群离我远去。我只能慢慢调整自己，游到离浮标一半时才找到自己的节奏感，转第一个浮标时，没想到浮标下面居然还有绳子，蹭破了我的小腿，吓得我再也不敢离水线和浮标游地太近。在第一个圈结束时我已经能够发力了，游得离跑步区很近时，站起来正好跑，冲过去就直接跳水进行第二圈。已经累晕了，平时没有练过跳水，跳很近就落水了，感觉像自杀，水花很大，引来旁边观众"哈哈"的笑声。有了第一圈的经验后，第二圈我就开始拼命了，感觉超了不少人，但是上岸起水早了，水太深导致跑上岸的速度慢了许

第二章
一个月破掉 3 小时处女铁

多。游泳上来就往换项区跑，路标比较清楚，没有费力气，就是水冷导致腿发软。

跑到换项区跑过了自己的自行车位置，很快又返回来。水手的自行车已经不见了，很多人的车子也都骑走了。这时想起巧克力来，但是还在包里，没时间拿了，带上号码布和头盔，穿上鞋推着自行车就跑，跑过线后骑车，最担心的换项问题顺利完成。刚骑车出来有点冷，已经顾不了许多了，一路狂骑，没多长时间就是连续大坡。我的个天呀，我从来没有骑车上过坡，由于这次坐飞机托运自行车软包已经烂了，自行车也受了伤，这几天骑车总掉链子。修车师傅说大齿不平，难免蹭链子或掉链子。所以这次比赛计划只变小飞，不变大齿，防止掉链子的风险。但是大齿上大坡那叫一个累，快到顶时我都吼出声来了，车子左右晃动，吓得后面的TT选手连吼"直行，别晃来晃去！"唉，老大们，我也不想晃，但实在是力不从心呀。

第一圈下来还好，第二圈上坡后就只敢滑行了。骑到平路时突然旁边冲出来一个摩托车，后面坐着一个扛摄像机的。我想这下完了，是不是刚才在坡上晃来晃

◆ 俱乐部老板和夫人来为我们加油

◆ 冰岛铁三女神

◆ 大步前进

去违规了,要被处罚了?难道我的处女铁就此告别?扛摄像机的问我是哪里的?我说是山西的,又问我是第几次参加铁三,我说是处……处……处女铁。晕!原来是记者采访呀,紧张得我都结巴了。记者给我加油,让我小激动一把。为了山西人的面子好赖也得发力呀,这一发力不得了啦,路边的川妹子一起给我喊加油,激动得我一连送出几个飞吻。结果可想而知,那加油声此起彼伏连绵数十公里……(不小心又犯了意淫的毛病,不过这个不属于铁三违规行为),真的非常感谢骑车返点前的川妹子们,每次我路过都能够听到她们激情的加油声,当然每次我听到别人给我加油,都不忘记摆个Pose谢谢大家的鼓励。虽然很累,还憋着泡尿,但是依然很开心。

得意忘形不一定是好事,在第三圈时就出问题了,比赛前一天刚给车上安了个水壶架子,壶里放着两罐红牛,平时都没有练过骑车喝水,计划第四圈完就要跑步时喝点红牛,刚拿出来时打不开盖子,好不容易打开盖子喝了两口,往回一放,结果掉地上滚下公路了,幸亏过来个大叔帮我从公路下面捡了上来。我的第一个自行

◆ 骑行结束进换项区前

◆ 比赛后都累崩了

◆ 没有拿到好成绩的国外选手的一声叹息

车水壶失而复得，但停车推转往回跑耽误了几分钟。第三圈回来时提前观察好转换区从哪里进，停车线在哪里，并暗暗计算了一下自己是不是已经骑够三圈了。过了主席台咬牙大盘继续上，第四圈太累，硬咬牙坚持下来。

骑车这一路上只有别人超我，我最多超个别摔车步行的，偶尔超过几个体验组骑山地车的，真衰！快到停车线时早早减速，下车跑步过去。骑车1小时24分，比赛前40公里就训练过一次，在平路上用了1小时31分，所以这次比赛已经是我有生以来40公里骑行得最好成绩了，我已经很努力了！

骑车爬坡太累了，放下自行车腿上没有一点劲，顾不上找巧克力补充能量。跑吧，我的处女铁！晕头转向跑出换项区就不知道往哪里跑了，直接进了终点区，幸好有个志愿者提醒我跑错了。我返回来问往哪里跑，她问我是全程半程，我说全程，也不知道她说啥，看见后面的都往旁边那个道跑，也跟着跑吧。累崩的双腿迈不开步子，最重要的是憋着尿实在难受，好不容易跑到郊外了，看见水手已经第一圈回来了，赶紧给他喊加油。

又坚持了一会儿，铁三服解手基本得脱个半裸，太不方便了，但又实在忍不住了，看周围没有人，冲到路边的田地里给金堂的广阔田野送上我的"爱心

◆ 成都铁人三项赛，山西疯狂铁人组建后的首次比赛合影

肥料"。突然耳边传来银铃般的笑声，回头一看，傻帽了，昨天刚合影的外国妹子跑过来了（后来才知道人家是女子全程第四，太牛了，时间2小时42分），真想找个地缝钻进去算了，对不起中华民族了，这可是在"国际比赛"上呀，真想大声喊，"八格牙鲁，死拉死拉，你滴米西米西"，现在想来幸亏没有装日本人，否则后果很……（此处省略几百字）

放下这"一斤重的负担"轻松多了，这时突然发现405号超过了我，这可是我发现的第一个超越我的同组选手呀，样子胖胖的还挺能跑，这下有目标了，追！我一路想超越他，没有想到他脚下功夫真是了得，总和我保持20米以上距离，我解手后就脚步一下都没有停过，每逢水站他就停下来走两步，但我就是追不上。第一圈5公里跑完，心理压力小了点，起码完赛在望了。

继续追405，我追、我追、我追追追，结果越追越远，腿跑痛了也追不上。火辣辣的太阳照得我浑身冒汗，过水站直接往身上浇水，有好心的金堂人问我需不需往身上泼水，我心想：来吧，只要不是洗脚水就尽管来吧！

◆ 心也在飞翔

>> 第二章
一个月破掉 3 小时处女铁

◆ 铁人们合影

　　时间一分一秒在消逝，我依然无法超越405，已经进入主会场了，我快失去斗志了，身边有两个女子也超越了我，而且还是老年组的。转眼已到终点该冲刺带了，我顿时清醒过来——人生能有几回搏？我超不了405，难道还甘心被女人欺负吗？马上一提丹田气，迈开了我沉重的大腿，眼前突然出现了终点大门，一条金色的彩带拉在终点外。突然我想起昨天专业组比赛时的一幕：俄罗斯选手第一个冲过终点时将彩带高高举过头顶，紧跟在后面的第二名就没彩带可冲了。不行，虽然我前面还有405和另外几个人，但我一定要冲线。这时405已经到达终点线前一半左右了，我不知从哪里借来的神力，迈开沉重的双腿飞奔向终点。就在我追得离405号还有10米时，突然听见一个声音叫我，"快过来一下"——我来参加铁三比赛，搞他娘的处女铁，马上就要捅破线了，这时候让我去哪里溜达呀？扭头一看，原来是俱乐部的宋总在栏杆外叫我拿队旗去。我勒个去，拿队旗好赖您老人家在终点外呀，如果我是冠军也会像刘翔一样身披国旗冲向媒体，冲向观众，405就要夺走我的第一次处女铁彩带了！就在那几秒钟，我经过激烈的思想斗争：将在外军令有所不受，处女铁彩带比什么

都重要，绝对不能让别人先碰到。决心已下，一运丹田气，左腿燕子三点水，右腿乾坤大挪移，只见我噌噌噌三步并两步，两步并一步，一个饿虎扑食越过405号，夺下了我的铁三处女彩带。跑步用时54分，后来才知道，我和405号铁人三项总成绩都是2小时56分05秒，不同的是我秒后是20，他秒后是89。他是老车迷俱乐部的严老师，在这里真心向您说声对不起，虽然我只是19名，你只是20名，但是我抢走了你到口的肉，实在不好意思。赛后我们还有一次交锋，我实在是太不应该了，比赛完实在有点得意忘形了，忽略了405号的感受。看成绩单时也那么巧，我好不容易找到了自己，发现一个人也在看这个组，我问成绩，他说是20名，我一下就笑了，原来我刚才超的是你呀，我是19名。想想当时太不低调了，太没有素质了，请见谅！

铁三赛场就是一场铁人相聚的欢乐大会，第一次真正感觉到了铁人们宽阔的心胸和强健的体魄。我们山西君禹和铁人三项队，参赛9个人，6个都获了奖。东丽女子水陆冠军，洪姐女子半程第二，小冀女子半程第四，汾河老记男子半程第七，赤脚大仙男子半程第七，我的小兄弟文君男子半程第八。文君第一天试水不敢游，第二天也没有试水，上街买了个"跟屁虫"。平时他没有怎么多训练，比赛时刚游到中间就吓得不敢游，差点放弃，但还是咬牙坚持了下来，结果还拿到第八。本来是刚结婚度蜜月打酱油的，还捞个第八名，爱情的力量太强大了。剩下三个人，小李本是女子半程第六，结果超时不算成绩了。60岁组的铁娃老哥第十名，全程时间2小时42分，太牛了。65岁的老人成绩都比我强，从心眼里佩服老师傅的身体素质和铁人精神！

比赛后遇到了北京水手，第一次试水时我没有带手机，这次不容错过，马上和他留影。还有399号，我们两个是连号，比赛站队时他竟然认识我，真是神人。他说这次目标是2小时40分，要为此拼一把，由于游泳时游泳镜有点小意外，导致他比自己预定的目标晚了一分钟，绝对牛人！

比赛后的庆功晚宴上吃得很嗨，中国奥运冠军第一人许海峰领导亲临现场。他每座都敬酒，有这样的好领导，中国铁三运动能不强吗？希望中国铁人三项运动能够继续发扬光大，给铁人们创造更加广阔的舞台，让更多电视台和媒体来关注铁人三项运动，让更多中国人加入铁人三项运动。如果铁人三项运动能够在广大人民群众业余文化生活中广泛开展，相信中国将很快超越欧美，成为真正精神和体魄最强大的民族。

晚宴后和老记、铁娃、文君晚上打包自行车，打扰了一位北京铁人的休息，借用了他的扳手卸自行车脚踏，深感抱歉！新车新手不会拆装车，多亏俱乐部的老师傅们帮助，还有一位北京姓李的老师傅，那么晚了还现场指导。俱

乐部的洪大姐还特意从其他宾馆跑来关照我们，非常感谢。铁人们就是一个欢乐的大家庭，为能够融入这样的集体感到无比的光荣和自豪。

再见美女

4月15日

准备了一个月的铁三比赛顺利地按自己预定的3小时目标之内完成了，非常开心。没时间在成都观光，直接返程回家。路上又遇到了和我合影的国外铁三女神——Kristin，我们坐同一辆巴士去机场。赶紧跟她打招呼，但是我英语实在是太烂，不知道说啥。突然她说起了中文，所以说幸亏那天没装日本人，否则胡言乱语可真糗大了！

◆ 在机场和美女铁人合影

>>>> 第三章
折戟池州国际铁人三项赛

生命中有很多事情需要选择，有时选择舍弃比选择拥有更困难，特别是要舍弃你已经付出很多心血和汗水的东西。我们活着不能只为自己，还要为亲人、为朋友，当你为他们舍弃时会发现你其实得到了更多……

锻炼没有休息日

4月16日

今天正常上班,虽然有些疲惫,但是业余选手请假伤不起呀。第一次参加国际铁人三项比赛有些兴奋过度,每天都在紧张忙碌中度过,我作为俱乐部领队每天操心的事情也特别多,晚上总是睡不好。回到家终于睡了个好觉,睡得太香了,早上差点迟到。中午骑了7公里,腿挺酸,骑不动。晚上游泳馆放松游1300米,算是排酸吧。

基本恢复正常训练

4月17日

今天不用上西山,可以在单位利用健身房锻炼,早上爬32层楼梯,骑行平台7公里,核心力量锻炼20分钟。晚上游泳1000米,跑步1公里。经过两天的游泳排酸,金堂铁人三项比赛的肌肉酸痛已经基本消除了,恢复正常训练备战下一场比赛。

游泳，还是我的最爱

4月18日

又回到西山当"临时工"了，我已经渐渐习惯了这样的工作状态，无力改变就要努力适应，因地适宜地寻找不影响工作的锻炼。中午午饭前跑步8公里，用时50分钟。下午下班后去山大跑步4公里，用时19分。然后自由泳游了3000米，用时70分。继而蝶泳100米放松。好久没有长游了，3000米一口气游下来不算累，特别是2000米后游得比较有感觉，给自己一个肯定。加油！

雪中飞舞

4月19日

中午在漫天飞舞的鹅毛大雪中跑步5公里，呼吸着沁人心脾的清润空气，感觉很爽。地面覆盖着厚厚的雪，雪下面全是积水，跑起来很滑。不过这是我跑步以来最开心的一次：虽然冒着风雪，虽然几次差点滑倒，虽然单裤和鞋袜全湿，虽然速度很慢，虽然……但这都不是事，踩在荒雪无人区，飞璇在漫天雪花里，我就是天使，我就是世界，我就是能够超越自我的我！

下午雪停了，踏着新鲜的雪味，我又在山大校园的积雪地中奔跑10公里，用时1小时。山大的学子都好奇地看着我：这人有什么毛病？在雪地里跑了一圈又一圈，还专找没人的地方跑。他们哪里知道我已经点燃一颗疯狂铁人的心。

跑完吃点小吃去游泳2000米，用时45分，游完蝶泳放松100米，最美好、最特别的训练结束了。瑞雪兆丰年，希望我的铁三梦越走越远。

汽车变成负担

4月21日

自从玩开铁三，汽车就开得少了。车一少开，毛病就出来了。修了一天车，跑了两个地方也没修好，一点小毛病挺难修。不禁感慨汽车真烦人，还是自行车好。中午吃了一碗凉刀削面，下午胃痛，第一次明白了胃疼是怎么回事。修完车犹豫锻炼否，大好光阴不锻炼太可惜，不行，一定要给自己一个交代。胃难受就去吃点热乎东西，喝了杯热牛奶，吃一个汉堡，还疼，火大了！站在路边抡起拳头对着肚子一顿猛揍，然后装起车子出发。果然是欠揍，骑了1公里马上肚不疼，心不烦，就剩下一个字——爽。

骑车35公里，用时1小时27分，进步很小，但发现了一个练自行车的好地方——省体育中心外环，3.5公里一圈没有什么车，非常适合骑车。骑完游泳1500米，用时35分，游泳何时能有进步？

训练低潮期

4月22日

这两天西山工作不忙，大家去得都晚，还有不见人影的。天高皇帝远，我正好利用这有利时机去训练。早上开车去奥体中心骑车。骑车21.7公里，用时50分，均速每小时26公里，悲催！骑完上山工作一会儿又跑步7.6公里，用时46分，更悲催。看来进入训练低潮期了，慢慢找状态吧。晚上游泳1500米，用时34分，小进步一分钟，加油！

开辟万亩新战场

4月23日

一直听说很多人在万亩生态园骑车，正好离西山不远。中午找了半天才从各种修路段中找到正确的入口。公园里面环境不错，都是依山而建的大坡，车不算多，路也不宽，但还比较平坦。在万亩生态园骑车5公里用时21分，一半大上坡一半大下坡。上坡时费时费劲，自行车左右摇晃地艰难前行，下坡时夸张得犹如一泻千里，车子完全超出我的控制范围飞驰而去，吓得我一直刹车。大拐弯突然冲出一辆汽车，感觉自己已经灵魂出窍见马克思去了，还好汽车刹车快，不然后果……

下午在迎泽西大街跑步3公里用时15分半，西大街路边都是公园，环境真不错，基本都在花园里跑。游泳今天打酱油放松游了，用"惊险"两个字来形容今天的训练恰如其分。细细想来，铁三户外运动确实存在较大危险性，不能只求速度不注意安全。特别是骑行遇到大下坡突然拐弯时一定要注意控制速度，一定要将速度控制在自己应变范围内，否则就是拿自己的生命开玩笑。

必须来点小惊喜

4月24日

发现了几个训练铁三的好地方就要好好珍惜，最近工作不忙，打算努力磨炼一下自己。早上先开车到万亩生态园练习骑车爬坡，骑行6.47公里用时25分23秒，来回上下坡，累得喘成牛了。中午又顶着大太阳在西大街跑步5公里，用时28.14分。下午下班也不能闲着，开车到奥体中心骑车6圈21.7公里，用时53分钟。骑车想进步比游泳难！骑完车再到游泳馆游1500米，用时32分，如果没有记错圈，应该是有点进步了。

◆ 我的运动练习场所

骑车爬坡要加强

4月25日

前两天总是不敢在万亩生态园骑行太远，因为坡陡而险，分布紧凑，只敢在小路段上直上直下。今天想突破一下，早上骑车爬山9.5公里，原来前两天练的坡只是冰山一角，大坡绵延不绝，累个半死用时1小时4分，比跑步都慢的速度太可怕了。下午在山大放松跑2公里，用时11分。然后去游泳1500米，32分。训练很混乱的一天，明天要调整好自己，继续努力。

和拖拉机进行一次龟兔赛跑

4月26日

昨天感觉万亩骑车速度比跑步都慢，上午去万亩生态园跑山，决心用人力双脚来征服它。从山角出发翻过山头，又热又枯燥，越跑人烟越稀少，自己的喘息声也愈来愈重。放松心情看看风景吧，世上从来不缺少美，缺少的是发现

美的眼睛。一直跑到白家庄，发现一路风景真不错，可以从山顶远看太原西部城景，沿途许多野花野草在微风中向我招手，给我加油。回返时一辆破拖拉机冒着黑烟超了我，那大山坡跑得我好累，不行，非要超过它。拖拉机也不好上大坡，中间一段爬熄火了，眼看我超了，它又点着了，一下甩我很远。不急，我就是拉爆缸也要追上它，爬过一个小山头它又爬不动了，我毫不客气地给它拍张照片，一溜烟地把它超没影了。和我斗，你太破了，哈哈，拖—拉—机！

跑上山顶才10公里，不过瘾，直接跑下旁边一个小山谷，突然窜出一只狗冲我叫，吓我一大跳！怒火胸中烧，飞脚就踹它，结果恶狗比破拖拉机狠，直接扑向我，我的天呀，拼命往山坡上跑。它在我屁股后面追，我边跑边往后撩脚，怕它咬到我，不幸还是被它咬了我一口——裤角。唉，现在人们生活好了，连狗都缺乏锻炼了，经常看到遛狗遛得人抱着狗回家，这只胖狗爬山太业余了，半山腰被我拉爆缸了，趴地上不跑了。傻狗，敢咬你爷爷！呸呸呸，俺才不当你爷爷，捡起几块小石头砸狗，结果……哈哈，恶狗累得爬地上不动了，哈哈。

翻过山顶突然发现一个世外桃源，一座宫廷院落里传来阵阵丝竹之声，刚准备看个究竟，突然飘出一群仙女姐姐……1小时36分跑了14公里，又累又惊心动魄的一次跑山，好刺激！

上午训练得很有趣、很兴奋，下午下班又去山大校园跑步5公里，用时28分。跑完盘山公路再跑平路还真轻松。看来以后跑山是个非常不错的锻炼方式。跑完游泳1500米，用时32分。连续三天游泳1500米达到32分，游泳确实有点小进步了，真开心！

◆ 路边的美景

跑在铺满鲜花的道路上

4 月 27 日

昨天跑山，腿有点疼，今天稍活动一下，爬万亩生态园那个最高塔吧。先跑过一座小山头，锁定目标向前冲，最累的是起步跑第一公里，一路上坡，只能咬牙坚持。爬过几个山头，突然一架似乎从天上倒垂的天梯赫然呈现在眼前，爬楼梯是我的强项，一步两台阶上！不一会儿就将楼梯的初始位置远远地甩在后头。回望来的路好远，其实跑起来也就半小时的时间。回来时又遇到狗狗追我，经过昨天的斗争它知道自己是蠢材，根本跑不过我，象征性地跑两步就歇菜了。春天就是好，处处是美景，在生态园跑步越跑心情越美。跑步7公里用时52分。

下午下班到奥体中心环骑10.7公里，用时28分55秒，平均速度22.2公里/时，慢得让我无法理解。刚骑完自行车，雨就下来了，在雨中，真美！晚上游泳1500米，速度34分，退步了。

◆ 冲上最高塔

室内小铁三走起

4月28日

一夜的电闪雷鸣，一觉醒来肯定是晴空万里。天气真好，但是路面有积水，今天放弃室外运动准备休息休息，做个室内小铁三。上午今天爬楼梯32层，骑行平台15分钟骑5公里，跑步机2公里。下午游泳1500米32分，看来32分已经是我游泳极限了，想突破太难了。

小长假抓紧一切时间跑步

4月29日

好不容易盼到五一小长假了，终于能奢侈地用大块的时间锻炼，因为本周参加咕咚运动的网络跑步周比赛，从今天开始要不停地跑，增加跑步距离。早上8点45分才到公园，公园早已人声鼎沸，郁金香开了，空气飘着淡淡的花香，鸟儿也不停地在欢唱，太美的环境总让人无法安心跑步，3.4公里用时22分20秒。然后开始步行照相，一路溜达了3小时才走了7公里。晚上游泳1500米，用时32分左右，如果这个速度能够保持住也可以。游泳这项运动想进步好难，两天不游泳，退步起来很快，真是一项奇怪的运动。

不求速度只求距离

4月30 晴

咕咚运动的周跑步比赛规则是：参加人员一周内累计跑步最远就算胜出，并不比速度。所以我从昨天开始就见缝插针地跑步或走路，努力累计距离，昨天有效值17公里，大部分距离都是步行累计的。今天又累计了27公里，都是一些凑数的垃圾运动。早上在公园边赏花边跑5公里，用时37分，还算快的了。其他都是跑少走多，这样的比赛就是比耐力了，对跑步速度提高的帮助不大。晚上跑步4公里去游泳，游泳1500米，用时32分左右，出来跑不动，骑公共自行车回家。全国有40个咕咚软件的用户参加，经过两天的跑步加步行，暂时排名第一，好开心。

4月训练总结

　　4月骑行总距离319公里,总用时832分,平均每公里用时2分40秒。比3月骑行总距离增加38公里,总用时减少154分,平均每公里用时减少50秒。跑步总距离141公里,总用时850分,平均每公里用时6分。比3月跑步总距离增加39公里,总用时增加168分,平均每公里用时快了半分钟。游泳总距离36.8公里,总用时900分,平均每公里用时24分半。比3月游泳总距离增加10.6公里,总用时增加240分,平均每公里用时快了半分钟。爬楼梯80层,其他健身用时20分,比上月大幅度减少。本月全部锻炼总用时2583分,比上月全部锻炼总用时增加40分,通过成都金堂的比赛,我的游泳、骑车、跑步速度比3月都有明显提高,但核心力量练习比3月大幅度减少,以后要注重这方面的锻炼。

野游真快乐

5月1日

金堂铁人三项比赛游泳1.5公里用了37分,比我平时32分的最好成绩慢了5分钟,主要原因就是公开水域游泳经验不足,路线偏移导致游泳距离加长所至。5月天气已经暖和了,计划今天去尝试一下汾河野游的感觉。上午10点骑车14.6公里,用时49分来到斜拉桥,记得3月份有一次来这里看汾河老记冬泳,今天有人游泳吗?游泳的人还真多了起来,下午拿上装备来游泳吧,先推车慢跑7公里用时一个半小时,接着骑车9公里用时27分。

◆ 龙龙周末骑行开心得像放飞的小鸟

下午直接去汾河游泳,河水非常干净,水温在接受范围内,知道这里水特别深,一个人游还是挺心慌的,游了300米就上岸了,用时12分。游完出来好冷,在夕阳的的余晖下,慢跑7公里,用时49分,从爆冷跑到出汗,静静地享受一下寂寞的滋味和运动的快感。最近太原市道路改造,到处施工,汽车太难开了,计划从明天开始骑车去河里游泳。既环保低碳又加强训练,一举两得。还有一件开心事,目前在咕咚运动周跑步走路40人比赛中排第一。

上班是白领,下班是野人

5月2日

早上起来去公园跑步5公里,用时1小时,其中20分钟在公园健身中心进行力量训练。下午下班直接骑车去汾河游泳,距离有点远,骑车18公里用时47分才到了目的地,太阳快日落西山,天色也渐渐暗下来。试了试水,白天下了雨,水温冰凉,不由地缩回脚来,举目望去,长长的河岸线就我一个人,便打起了退堂鼓。可是转念一想,连下水的勇气都没有,岂不是白来了。硬着头皮下水游了1公里,用时40分,越往深游,顾虑愈多。"跟屁虫"也没有准备好,最终理智战胜了热情,安全上岸。今天没游多少,但我还会来的,心里默默地较劲着。游完骑车17公里回家,用时53分30秒,这样的锻炼计划不错,希望以后能够坚持。

牡丹花下跑

5月3日

早上到公园里跑步,一夜醒来,牡丹仙子晶莹剔透,郁金香妹妹含苞待放,跑得我心驰神往,把持不住继续风流一把,本来是粗人,让这良辰美景搞

♦ 晨跑迎泽公园一景

得越来越像文艺青年了,不禁放慢了脚步享受一下初夏的鸟语花香。跑步6.4公里用时1小时3分。中午爬16层,拳打脚踢沙袋1000下。下午下班继续进行我的小铁三训练,去时骑行9.7公里用时41分,汾河小游500米,用时20分。水温估计在17℃左右。游完骑行18.3公里,用时1小时23分。晚上回来在滨河路骑自行车,正值下班晚高峰车多人多,险象环生,越骑越慢保证安全。

13公里全新体验

5月4日

上午十点半推上自行车从柳溪街跑到斜拉桥,跑过5公里时,汗流浃背,光膀子跑,一队队山地、公路车从我身边超越,但我的身影一定在他们心中留下了难以超越的烙印……1小时34分。13.5公里后到达斜拉桥下,太原市最干净的一片公开水域,水温大约15℃,横渡河面一个来回190米左右,我分两次游了1.3公里,用时39分钟。今天游泳的人真多,前后有十人左右。虽然都不认识,但是大家都会相互照应,常常一个人游完准备走,另一个人接着来,走的

◆ 游泳后推车跑

人都会留下来看他游完起水才走,一个不成文的规矩传递的是平安和关爱。游完泳起水风干后,再推车连跑带走5公里用时58分,然后骑车8.5公里用时28分去吃饭,一大碗红面擦尖,一大盘山西过油肉,光盘后竟然没感觉太饱(真应了小兄弟媳妇的话了——没见过这么能吃的男人,哈哈)。

下午到滨河公园的汾河边去游泳,这里游泳的人比较多,水质不如斜拉桥,但水域宽,400多米。第一次在这么开阔的自然水域游泳,对我来说是一个不小的挑战。返程时有点心慌,天色渐渐灰暗,对岸起水位置看不清楚,在风的吹拂下,墨绿的河水有规律地上下翻动着,可是自己却游得越来越没有节奏感,努力换气,调整动作,不停地做心理暗示。游到三分之二时终于看到对岸的台阶了,这才安心,来个百米冲刺,挺爽,大大缓解了刚才紧张的神经。游泳1.3公里用时49分。原来人类对陆地的依赖是与生俱来的自然天性,汾河水底里斑驳的台阶成功指引我安全返航。

我是一条快乐的鱼

5月5日

明天就要上班,无法享受中午野游的快乐了,今天要抓紧去多游一会儿。早上骑车5.3公里到滨河路用时15分34秒,接着推车跑8.3公里用时1小时3分去汾河游泳,在这样开阔的水域里游泳跑8公里太值了!天气愈来愈热,游泳的人更多了，水温适中，游起来感觉自己就是一条快乐的鱼，在水中自如地舒展着自己的肢体，努力把动作做到极致，享受着在水中滑行的惬意滋味。水面漂着好多白绒绒的柳絮，偶尔有野鸟和水鸭掠过水面，浅处可以看到嬉戏的小鱼，人与自然的和谐相处真好！畅游了1公里用时30分，出来再推车跑3.2公里，用时36分，然后接着骑车10.2公里去吃饭，用时29分。

◆ 野泳前

中午吃点东西，休息一会儿，又推车跑步5公里，用时37分，骑车8.5公里用时20分半，去河里游泳660米，用时32分，真是越来越喜欢在河里无拘无束的游泳了。游出来再跑步2.1公里用时21分半，然后骑车11.2公里，用时36分。一天两次小铁三，感觉身体都快爆炸了。晚上回家怕网络跑步比赛在最后阶段被秒杀，又咬呀在广场跑步2.8公里，用时36分，这才安心回家。

◆ 野泳热身

这周真是彻底疯狂的一周。第一次参加网络走路跑步周比赛，一个星期跑步加步行137.9公里，相当于三个马拉松的距离，得个冠军容易吗？还有两小时结束，说不定还有哪个比我神经的还跑在路上。以后大家在路上看见这个神经病千万别理他，离他远远的，不要影响人家速度？有没有更神经的？特别是那些开车的，别总跟在我屁股后面"滴滴"叫，我们跑的是自行车道好不好，有种下来比比速度，嘿嘿……以后给我打电话你可能听到："该用户正在跑步中，如想加油请按1号健！如想接听，将手机放地上踩两脚油门！"

汗流浃背的周末终于结束，祝朋友们做个好梦，千万别梦见和这个神经病赛跑，万万不要梦见和这个神经病比赛游泳，这样你就可以睡个安心的好觉，不会被累死在梦中……新的一周马上开始了，加油！

风干的疲劳

5月6日

早上真不想起床，每天这么折腾就是铁打的汉子也受不了。可是我又不想让宝贵的时间浪费在睡觉上，咬牙起来去公园跑步5.8公里，用时45分，然后去上班。中午有饭局，又跑步2公里15分钟去赴宴。下午下班时又想偷懒，只是那清清汾河水的诱惑难以抵挡，还是骑车18公里用时47分去游泳。晚上游泳的人很少，水温还是17℃左右，赶在太阳落山前小游780米，用时30分。上水后有风，吹得真冷，浑身鸡皮疙瘩，上岸骑行8.3公里用时30分回家，骑完再跑2.2公里，用时23分。

温泉反而成受罪

5月7日

早上公园小跑3.3公里用时26分，公园的美景总让我无法全力奔跑，看见美景就情不自禁停下来照相。

今天单位安排去一个温泉度假村开会，研究那个在西山弄了半个多月的创新方案——没有任何创意，最多算个管理细则的东西却这样劳民伤财……晚上开完会小跑3.9公里用时49分，在度假村温泉游泳馆半个小时游了500米。水太热，已经习惯在汾河不到20℃的水中游泳的我，在这近30℃的水中游泳简直就是受罪。

起得比鸭都早

5月8日

早晨起来忻州漂着小雨,小鸭子和白天鹅已经开始晨练了,我当然也不能落后。不知是谁大喜的日子,度假村门口一道道喜庆的拱门就像比赛的起点和终点一样激励我前进。跑步4.4公里,用时35分半,用我的双脚丈量着雨中忻州清晨的魅力。下午开会时间安排得很

◆ 忻州一景

晚,抓紧再去跑一圈,4.4公里用时32分半,比上午快了点。晚上继续在温泉游泳500米,感觉就是在泡澡,半小时快泡晕了。

◆ 忻州晨跑,鹅鹅鹅

两地作战

5月9日

早上在忻州晨练，双杠4组50个，单杠4组20个，力量训练还真难巩固，稍不努力就退步，单双杠非常有难度，总是无法突破。下午6点多回到太原，几天没有到汾河游泳真是想念，下车后来不及歇脚直接推上自行车骑行17.88公里，用时1小时3分去游泳。下河时已经7点半了，人烟稀少，我小游470米，用时24分30秒。游了两天温泉适应不了河里温度了，上岸推车跑7公里用时59分27秒，身体热到爆。继续骑车11公里用时37分22秒，晚上骑车太危险，滨河路自行车道修得太差，汽车、自行车随意行驶，只能慢骑，确保安全。

◆ 忻州晨练一景

还有什么比放弃更容易，还有什么比倒下更有力

5月10日

金堂比赛后，一直在为池州国际铁人三项比赛做准备。然而好事多磨，池州比赛时间和二哥的千金婚礼冲突，早已经定好的航空公司机票也要改时间了。真是让人纠结，还有什么比放弃更容易，还有什么比倒下更有力？我没有倒在赛场上，但决不能放弃亲情，我只是个普通人，再有追求也不能超凡脱俗到不食人间烟火。二哥是潘家门的大总管，潘家的大小事情都离不开他的身影，潘家长孙女的大喜事我一定要全力以赴，报答二哥多年来对我的关怀和支持。

我的第二次铁三出征就这样无疾而终了，搞得一整天心情低落，上午随意路跑2公里，用时20分。骑行平台，跑步机各2公里，分别用时10分。

野泳诚可贵　生命价更高

5月11日

早上起床已经9点了，中午还要参加朋友女儿12岁生日，训练时间有点紧张，只好把游泳时间压缩一点。打定主意，推上我的爱车向目的地出发，骑行17.8公里到汾河，用时43分46秒。中间有几公里均速达到30公里/时了。看来前一天运动量小点，第二天体能真是比较强，以后再参加比赛，前一天一定要充分休息，调整好状态。到目的地，下水游了800米，用时28分半，起水上岸马不停蹄地骑车21.6公里，用时1小时3分直接到酒店。

穿着锻炼衣服的我把老同学们吓一跳，都以奇怪的眼神打量着我：这人怎么半年不见混得这么失魂落魄？穿个大背心、短裤就来赴宴了。等我告诉大家

我现在喜欢上铁人三项了，大家用另类的眼光不理解地看着我。唉，常人眼中的健身就是休闲式地跑步和游泳，在很多人眼中铁人三项都是遥不可及的极限运动，都是透支生命……人就是这样，不迈出第一步永远不知道窗外的世界如此美妙。

为了补偿早上晚起的罪过，吃完中午饭没休息继续约上小兄弟骑车去汾河游泳。两人你追我赶骑行15.9公里到河边，用时54分。刚到河边，还没有换衣服，就听见有人疾呼"救命，救命"，只见两个白胖的小伙子在河水深处挣扎。河里水深，没有救生工具不好救人，特别是这种大体格的人，弄不好还要搭上自己的命！赶紧给我的"跟屁虫"吹气，还没等我准备好，旁边早来游泳的两位身材魁梧的兄弟拿着自己的"跟屁虫"跳了下去。他俩救人确实很有经验，游到附近把"跟屁虫"扔给求救者，然后拉着另一端把他们慢慢拖上岸，如果他们直接过去拉，那后果真不敢想象！再慢半分钟这两个胖子就可能过去了，真佩服救人的两个兄弟，向他们学习致敬。

下水畅游2.5公里用时61分，小兄弟文君给我拍了自由泳和蝶泳的视频，看到自己游姿的感觉真爽。平时总是下班傍晚游，感受不到在日光浴下游泳的快乐，今天游泳的人多，还有文君做伴，游得相当舒心。起水后直接风干，和小兄弟一起骑车回家18公里，用时51分，周六路上车不少，下滨河路时我刚告诉他拐弯，说时迟那时快，突然杀出一辆汽车，直冲小兄弟上来，吓死我了，幸亏汽车刹住了，不然后果不堪设想。在马路上训练骑车确实是一项危险的运动，出来骑车一定要万分小心，高度集中注意力，特别是要对前方环境有所预判，一时大意就可能一生遗憾。虽然上去骂了两句这个没经验从辅路上穿自行车道上主路不减速的女司机，不过内心我还是感谢她刹住了车，否则……在这里提醒铁友们，骑车一定要小心，在复杂环境中不能只追求速度忘记安全。

自行车也需要保养

5月12日

今天是母亲节，祝愿天下母亲们永远健康快乐！

早上起来去公园跑步9公里，用时1小时57分。中间去健身中心做单杠20个、双杠50个。自行车有点问题，去了趟车店，脚踏坏了，换了一个，变速线也松了，请师傅调试妥当。自行车也是有生命的，应该学会保养，好的自行车前盘、后飞和链条被擦得赫赫发亮、神采飞扬，反之暗淡无光、一脸倦容。

作为一个新手，自行车的许多基础知识还得慢慢积累，高手能够做得到人车合一，而我现在还没有完全认知自行车。

又是虚惊一场

5月13日

早晨去迎泽公园跑步4.5公里用时32分，途中一般要跑两个假山，锻炼一下腿部爬升力量。跑完直接跑上单位16层，进行核心力量器械训练20分钟，一般由4组5个项目构成，下拉、横推、扩胸、屈臂和腿部力量训练每组10次左右；中午再爬16层楼做健腹轮2组，每组15次。下午骑车17公里用时43分17秒去汾河游泳，傍晚的汾河很美，夕阳下的汾河寂寞得像一面镜子，时光此刻被定格在这碧水蓝天中，200米寂

◆ 带龙龙晨跑

◆ 斜拉桥下的野泳区

静的河面将温婉的晚霞、远山、大桥悄悄容纳，美景在我眼里只能保持片刻。因为当我跳入水中畅游时，犹如一道闪电劈开河面，形成一道道水波经久不衰的涟漪，把这美景不断放大，放大，一直放大到心里……我去时只有一个人游泳，没下水前，又下了一个人，我第三个下水……结果，我游1公里用时31分钟上来，第一个人早上来了，问我应该还有一个人吧，是呀，看见衣服在，怎么水里就没有人？平静如画的水面让我不寒而栗……后来我们就等呀等，他等不住先走了，我还在等。真想报警，可是我下水前看他游得不错呀，又等了一会儿，发现桥那边有水波纹。原来他游桥那边了，等他上来一问，老兄游了2公里多，虚惊一场。

游泳后推车跑步7公里用时51分，8点多从黄昏跑到路灯全亮了，从冰冷的身体跑到全身冒汗，继续骑车11公里用时36分回来放车，终于可以吃饭了。

>>>> **第四章**

不跑长城非好汉　初生牛犊不怕虎

> 人生就像一场马拉松，你可能经历痛苦、麻木、失望和迷茫，但只要你不停止脚步、不忘记自己前进的方向，你总会战胜自己，到达自己理想的彼岸。从现在开始，摆脱不良生活习惯，迈开你尘封已久的双腿，跑进大自然，马拉松会让你走进一个全新的世界、重新认知一个强大的自我。

跑步成为主要出行方式

5月14日

　　早晨公园跑步4.5公里，用时27分45秒。昨天运动量不小，起得晚就少练一会儿吧。上午去修改工作服，想想开车停车也不方便，干脆跑步吧。一跑才知道，来回才4公里，用时38分，看来在市区跑步确实是非常节省成本的出行方式。人生就像是一座围城，进来的想出去，出去的想进来。我现在非常后悔买汽车，不但几年时间车价已经缩水60%，而且平时的维护、保养都需要浪费大量时间。特别是喜欢上铁人三项运动后，在市区跑步和自行车的便利比汽车方便多了。毕竟铁人只是极少数人，没有人会理解，很多人还是要费时间、财力、物力去学车本，去实现有车一族的梦想。

小鱼亲吻

5月15日

　　抓紧时间忙完一天工作，下午3点开车拉自行车到柳溪停车、装车。骑行到中北大学，再返斜拉桥23公里用时58分，下河游泳2公里。下水前做准备运动时感觉有东西在咬我的脚，低头一看没有东西呀，继续活动，又亲！难道是美人鱼？蹲下仔细看，原来是一群小鱼和虾米，难道我的"玉足"味道这么好？嘿嘿，感觉好像温泉里的亲嘴小鱼在给我按摩。这就是课本里的生物链？可爱的小生命，遇到我就算遇到你们的贵人了——我就多热身一会儿，让你们饱餐一顿，只要别让我低头时发现只剩下两腿白骨就好了。

　　下午游泳很爽，人比傍晚多，自然胆子也就大了许多。放松自在地畅游，突然感觉脚被东西缠了，啊呀，不会是蛇吧？紧张得自由泳改蛙泳，回头一看

>> 第四章
不跑长城非好汉　初生牛犊不怕虎

原来是水草，不知不觉游到水草区了，恐怖！赶紧掉头向外游，复杂地形不敢去，水草划过身体还是挺温柔的。2公里游泳用时52分。上岸后夕阳映在河面上很壮观，真想能够永远在这金光灿烂的河面上燃烧激情岁月……夕阳无限好，只是我还要奔跑，推车上路奔跑吧，13.5公里用时1小时38分，从夕阳跑到月下，跑亮整条滨河路灯。沿着河岸奔跑，看到回家的羊群跟在年老的放羊倌身后"咩咩"撒娇，好像儿童叫妈妈一样可爱，让我在那一刻穿越时空，看到在落日照耀下泾河边玩耍的我，看到妈妈站在河岸上呼唤我回家，金色的阳光穿越过她被风吹起的秀发。母亲慈祥高贵的影子，落日下泾渭分明的王母公山头以及天际边无穷尽的火烧云，构成了我最幸福的童年……

奔跑吧，去延续那童年的时光，去追逐简单的快乐。人生就是如此，最不经意中度过的，或许是你岁月长河中最值得珍爱的幸福时光……

◆ 黄昏游泳时的我

婚礼进行曲

5月16日

周末璐璐办喜事，这两天要去二哥家帮忙。二哥的朋友太多了，其实根本轮不上安排我干活，但是大家能够聚在一起比做什么事情都重要。

上午没事，抓紧时间骑车去汾河游泳，13公里用时34分。早上水里光线很好，小鱼和虾米看得很清楚，透明的小生命在水里玩得那么开心，我更开心。游了个大方块，横穿特大桥，和小鱼们比赛，感觉自己像一艘巡洋舰……下河游泳1.5公里用时41分。起水后推车跑步7公里用时50分。

也许你会好奇，为什么每次起水后都推车跑步？一来往返分别练习骑车和跑步，各有侧重；二来游泳出来体温低，跑跑步可以祛除寒冷，直接骑车容易感冒。跑步结束骑车6.5公里用时20分。骑车、跑步、游泳小三项练习也不耽误去二哥家和亲戚们聚会、喝酒。每一项锻炼心里都哼哼着《婚礼进行曲》，就好像是我要办喜事一样，激动并快乐着！

中午应酬后又抓紧骑车去单位上班，下班又慢跑到二哥家，一下午没有消停过，中间所有的路程都是跑步前进。这就是生活、这就是婚礼进行曲。

最幸福的生活

5月17日

今天是璐璐大喜的日子,更是潘家门大聚会的日子,大哥、三哥专程从南方回来参加,我们兄弟姐妹又能欢聚一堂了。一大早过去帮忙,说是帮忙可真轮不上干活,那就只好沦落为吃货吧。二哥请的师傅不错,地道的打卤面和自制的卤肉让我大打牙祭。

接亲的过程有点喜剧,本来作为长辈的我不应该参与堵门等娱乐活动,可是我不出面,小辈们还真顶不住。在我的指挥下,楼道门着实让迎亲的后生们费了把劲。只是丈母娘可舍不得女婿多吃苦呀——难道怕我们璐璐迎不走?哈哈,看在二嫂的面子上放他一马。

家里只有几个小孩子堵门,新郎官自备家门钥匙,自己打开门,一路畅通无阻就把我们璐璐娶去了。婚礼就是这样,热闹有气氛就好,如果谁都不相让、不配合,结婚的头一天就打破头,今后的日子怎么过?大家来帮忙都是祝福小两口能够过上幸福安康的甜蜜生活,堵门、讨红包、藏鞋、逗新郎官都是闹红火、造气氛。婚姻生活就是这样,在锅碗瓢盆的小磕碰中成长,在柴米油盐的调和中升华。

送走璐璐,心里不免有点失落,还是中国老传统思想在作怪,嫁出去的姑娘泼出去的水。看着二哥含辛茹苦将璐璐培养成人,嫁走之后,一家三口成两人,我心里也难免失落。跑步吧!跑步能够让汗水去冲刷心中的一切忧愁,让阳光抚平我们内心的任何伤痛。

从二哥家出来跑进理工大南校区,这里竟然有塑胶跑道,从来没有在这么高端大气上档次的操场上跑过步,一兴奋跑了10公里,用时57分。跑完正好吃饱,胃口大开!

下午5点多骑车去汾河游泳，13公里用时30分钟。下河小游900米用时25分。游完要抓紧赶回去陪大哥、三哥喝酒，没有跑步直接骑行13.5公里，用时40分。7点半准时坐在餐桌上和大哥、二哥、三哥品喜酒，这就是最幸福的生活。

回门大喜

5月18日

今天是璐璐回门的大喜日子，也是潘家门大聚会的好日子。回门酒席办得非常隆重，二哥竟然还请到了舞狮表演，这还是我第一次参加婚宴看到舞狮子，很有创意，也很烘托气氛。

兄弟情深，双狮来贺。
璐璐大喜，潘家兴旺。

今天也是池州国际铁人三项比赛的日子，祝福俱乐部的伙伴们取得好成绩。中午酒喝得不少，喝完酒直接陪大哥大嫂、三哥三嫂、五哥上五台山。上山兄弟几个继续小酌，晚上早早休息没有锻炼。

500公里带来500罗汉的祝福

5月19日

早晨4点半醒来，跑步3公里到五爷庙，虽然6点才开门，但门口已经是人山人海，香火通明。在门口给亲朋好友祈福后，跑步上大螺顶，1080个台阶带走人世间一切烦恼，一只可爱的喜鹊也来为我开道，配合拍照后才依依不舍展翅高飞。已经是N次爬大螺顶了，这次是最快最早的，爬上来咕咚运动软件正好给我一个跑步完成挑战500公里完成的奖牌，是巧合，还是冥冥之中500罗汉给我的鼓励？

>> 第四章
不跑长城非好汉　初生牛犊不怕虎

◆ 双狮贺璐璐新婚

◆ 璐璐婚宴上大哥、姐夫与二哥一家合影

◆ 璐璐新婚喜宴上二哥一家举杯见证幸福时刻

◆ 璐璐新婚夫妻对拜

◆ 璐璐新婚后潘家门合影

◆ 我和五哥陪大哥大嫂、三哥三嫂上五台山

◆ 晨跑五台山菩萨顶

◆ 骡子下了个小马驹

◆ 三哥和黑马

◆ 五台山碧霞寺一景

第四章
不跑长城非好汉　初生牛犊不怕虎

站在大螺顶我思绪万千，五台山是一个神奇的地方，每年我都会来几次，但这次站在大螺顶上感觉大有不同，我能够感受到铁三运动带给我的正能量正在和五台山的灵气产生共鸣。以前每次爬大螺顶都让我气喘吁吁，而今天我只感觉到清风拂面，浑身舒适。站在这里看五台全景，看自己一路跑过的路线，五台山其实离我们很近，放开你的双腿，一切距离都不是问题，就如佛语，迈过1080个台阶，一切困难烟消云散……

从大螺顶再跑向对面的菩萨顶，太阳刚刚升起，昨夜的阵雨把五台清洗得一尘不染，清晨第一缕阳光穿越袅袅青烟，随意洒落在五台圣境，跑在这样的山路上，感觉自己也沾上了仙气，越跑越轻松。5点出发跑山过五爷庙、大螺顶、菩萨顶，再跑回宾馆，正好10公里完成我的小朝台，用时102分钟。祝福朋友们心想事成，一切顺利。

回到宾馆大哥、三哥和五哥也起床了，吃过早饭，我带他们沿我早晨跑过的路线再细细游玩一遍，陪伴大哥一行一天的五台之行安排得很紧凑。下午回到二哥家，我一点都不觉得累，晚上二哥给大家接风洗尘继续喝酒。大家都对我的精神赞不绝口，和从小我给大家印象中的病弱形象简直就是天上地下的区别。打铁两个月就有这样的收获大大出乎了我的意料，这也更加坚定了我的信心，一定要在铁人三项的道路上越走越远！

天下没有不散的宴席

5月20日

早上小跑1.5公里用时11分，爬楼16层进行20分钟力量训练。周一总是非常忙碌的一天，上周因为家里办喜事的原因落下一些工作，今天要抓紧完成。大哥今天回南方，我都没有时间去送别。不过二哥、五哥已经安排得非常圆满了，我只能在微信上羡慕他们的送别聚会，期待下次再聚！

想挑战一下马拉松

5月21日

今天同事王姐问我想不想参加6月11日的北京金山岭马拉松,她夫妇俩已经报名了。我虽然喜欢运动,但从没有参加过马拉松比赛。从2009年以来王姐已经参加了几十次马拉松比赛,是太原市非常知名的"老马"。听到这个消息,我迟疑了一下,我原计划今年9月参加太原国际马拉松来实现我的处马。毕竟我还没有长跑过,目前跑步练习过的最长距离也就是铁人三项比赛的10公里。问她报的是全程还是半程,她说,想练练这个有难度的全马来为以后百公里越野赛做准备。全程和半程报名费用都是220元,从经济学角度考虑,还是报全程划算,一冲动我也报个全程吧。就这样稀里糊涂地报上了全程马拉松。

上午跑步1公里用时8分钟,爬楼16层,力量训练10分钟。中午汾水游泳500米,用时24分。晚上跑步5公里用时35分。

雷雨来捣乱

5月22日

报上了金山岭马拉松,算算只有不到20天的训练时间了。也没有这方面经验,不知道该如何训练,还是先按自己熟悉的方式锻炼吧。上午跑步4.8公里用时30分上班,爬楼32层,做20分钟力量训练,打沙袋600下锻炼爆发力。

晚上骑车去河里游泳,结果途中下起雷阵雨,只骑行8.8公里用时33分。半路返回到健身房,动感单车骑行5公里用时13分,跑步机跑2公里用时13分。

>> 第四章
不跑长城非好汉　初生牛犊不怕虎

◆ 雨中夜跑太原一景

◆ 夜色下的五一广场

完美的一天

5月23日

　　早晨在清新宜人的公园里呼吸细雨中青草、绿树、花儿的欢笑；在你们的睡梦中跑步4.7公里，用时35分，我就是你的美梦；中午在你们匆忙吃饭时，我冲上16层楼顶暴打沙袋半小时1200下，你就是我发泄的对象；下午我骑上自行车像夸父一样追逐夕阳，17.7公里用时41分半。

　　追到汾河边，我满头大汗地脱光衣服，跳入清凉的河里，和小鱼儿们一起欢快地游向夕阳洒落在水面上的道道霞光。这时你们坐在车里，堵在路上，心情烦躁地按着喇叭，看着时光流逝，想着回去哪有心情吃饭。畅游1.4公里（其中蝶泳400米）用时42分后，我起水任由春风抚摸我的肌肤，落日带走身上的水珠。此刻的你们刚进家门抱怨一路的堵车疲倦，躺在沙发上发呆半小时。夕阳西下，我推起自行车沿着刚刚闪亮的路灯奔跑1小时29分、10公里。此刻你们好不容易吃了晚饭洗碗后，开始你们今天最开心的事情——看电视、上网。

　　我跑完10公里，天色已黑，路况不好，险象环生，只能信马由缰，大声吼着高中失恋的歌谣，和一群群刚刚放学的高中生们擦肩而过，他们瞪大眼睛看着我，心想这个哥哥补习多少年了？真似回到花季的年代，开心就是这么简单。此刻你们因看电视、上网得头晕眼花，准备上床睡觉。我骑行28分8公里后，在广场散散步，看看分外丰满的月亮姐姐，胃口大开，一大碗浇肉面，一个鸡蛋，两袋牛奶，舒坦！

　　幸福来得就这么简单，不需要太多攀比的物质追求，不需要混在人海中焦急等待，不需要高大的理想追求，平凡的人生一样精彩……希望有生的日子能够天天如今日般幸福完美。

周末午夜别徘徊　路边野花不要采

5月24日

早晨跟着洒水车跑步，5公里，用时35分，跑步对我来说，没问题啦，洒洒水啦。背着背包不断超越路人，自信心暴涨，真想一个猛子扎进湖里游个来回。上午被拉到中北大学讲课，就我这水平大家可能没有听过瘾吧。下午美女要开车送我回去，谢绝了，这么好的机会怎么能浪费？跑步6.4公里用时47分，跳进河里畅游1.4公里用时43分，感觉自己已经退化成野人，远离现代科技，退步到直立行走时代。

游完后背包继续跑步12.7公里，用时1小时38分，这是我背包跑步距离最远的一次。渐渐远离市区，来到一片无人问津的净土，正值万物生长的大好时节，路边的野花放肆地绽放着，好诱人，路边野花不要采。昨天办公室的有一株被拔掉的野花，我很心疼。花草也是有生命的，人类的一个看似简单的举动，将会终结一朵乃至很多花儿的生命。奔跑着，她们那灿烂的花朵，不是在向我微笑吗？抬头看看天空，高压线和云朵构成的蓝天五线谱在向我歌唱，仿佛耳畔回荡熟悉的旋律：我要飞得更高……

魔鬼与重生

5月25日

◆ 汾河公园跑步路线

为备战金山岭马拉松，最近一直在加强跑步锻炼，希望通过长距离训练来增加自己完赛的自信心。早晨去滨河公园跑步，一步一景，从柳溪进园一路北上，越往深处景色愈美，行人也愈少。从前总羡慕杭州人能够在西子湖畔早晚散步、小憩，现在才意识到原来太原的景色并不比西湖逊色，因为我们缺乏发现美的眼睛，忽略了我们身边的美。

一路上饱览了初夏的诱人景色，不知不觉跑到湿地公园。突闻人声鼎沸，传来朗朗诵经声，原来一位法师在带领一帮俗家弟子放生。一卡车的鱼倒入汾河中，缺氧的鱼儿快乐跃进河水，可惜好多小鱼都因为卡车里缺氧死去。法师和俗家弟子原本想让它们重获新生，但现在它们只能去西方极乐世界了。机会总是给有准备的人，最可悲的事情莫过于死在黎明的前夜……

跑到柴村桥，峰回路转，桥下一条小路直通滨河西路。沿西路往回跑，跑步11.7公里，用时1小时45分。

到达太原著名的天体浴场，跳入水中横渡汾河。还是游泳最放松惬意，希望那些刚刚放生的鱼儿能够和我一样享受自由的时光。小游500米起水，用时23分。路边好多牡丹，继续慢跑3.2公里，用时37分。再改骑公共自行车8公里，用时32分。今天是个好日子，祝福我的朋友和新人如牡丹一样，富贵花开，前程似锦。

>> 第四章
不跑长城非好汉　初生牛犊不怕虎

◆ 汾河湿地公园跑步一景

预祝六一快乐

5 月 26 日

人生的纪录每天在刷新。早上起来看了看以前的记录,最长骑行距离才40公里,还是4月份的,顿感惭愧。今天必须搞把大的,当即联系文君。小兄弟天天如蜜月呀,起不了床。寂寞的骑行已成定局,果断吃两根自制火腿,一碗牛奶加蛋白粉,两片面包出发。

天下小雨一阵窃喜,真是天公作美……组装起车子,先去车店调试了一下,换了双脚踏,开始骑行。市区到处施工,昨晚刚下过一场雨,路面一片狼藉。管不了那么多了,冲呀!我超、我超、我……刚刚超过的电动竟然反超我,扭头冲我笑,难道美女想……"嗨帅哥,你车子没挡泥板,屁股全是泥。"原来这样啊,尴尬地冲着这位善良的美女笑……啊哈,泥就泥吧,为了搞把大的还怕泥?可惜了我今天新穿的超帅骑行服了。任何人类已经无法阻挡我搞大的决心,就算是中央电视台的美女主持现在要采访我,也不会给她面子!

骑过龙城大桥路况好转,手机播报每小时速度达到50公里左右,不可能呀,屁股后面也没冒火,怎么赶上火星速度了?肯定是软件有问题,按平时的感觉这速度最多每小时30多公里,可是连续好几公里播报难道都不准?管它呢,就当我骑这么快吧,心情马上无比亢奋,绕着省体中心刷刷地转,门口不少来这里参观的大爷大妈,本来在此留影记念,都把相机对向了我,卡卡地……一圈、两圈、五圈……从高歌猛进骑到我不言不语,搞大真难。

◆ 南中环桥一景

咬牙坚持到40公里，饿得不行了，看来百公里的目标要流产，骑回家正好61公里用时2小时21分。

下周六一节，看来是老天安排我用实际行动祝福我们祖国的花朵茁壮成长。61公里让我明白，成长真的不容易，任何纪录都是日积月累的成果。罗马不是一日建成的，打铁还需努力！

♦ 我的第一辆公路自行车与山西体育中心合影

第一次摔车

5月27日

总以为自己安全意识很强，但在速度面前还是栽了跟头。

周一要有一个全新的开始，早上背包跑步5.7公里，用时38分，中午爬楼梯做四组四项核心力量练习20分钟。下午下班骑车去游泳，虽然高峰堵车，但又奈我何？以每小时20公里的速度穿梭在车流之中，心里正美，正准备骑入滨河快速路，想上人行道超车时，没想到有小路崖，一下飞了出去。人车滑行惊飞一群路人，心想这下惨了，我那英俊的……

起身一看，没事，胳膊和腿蹭了点皮，看来皮是越来越厚了。车把摔歪了，链子也掉了，貌似比我严重，当时就想回家……又一想这点小事算啥，坚持！挂上链子正好附近有闪电车店，都是爱车人，推去让小伙给调了一下。继续前进！不能因为一次摔倒就影响速度，18公里骑行用时49分，滨河路上均速近30公里/时。下河游900米用时30分钟，起水推车跑11公里用时1小时25分，然后慢骑7公里用时28分。回家路上，不知哪家的小媳妇摔了一个大西瓜在路上，那清凉味馋得我……有点公德心呀？能不能不要这么明目张胆地在大街上勾引又饿又渴又累的男人……幸亏俺不是西门大官人！

◆ 备战金山岭马拉松比赛装备

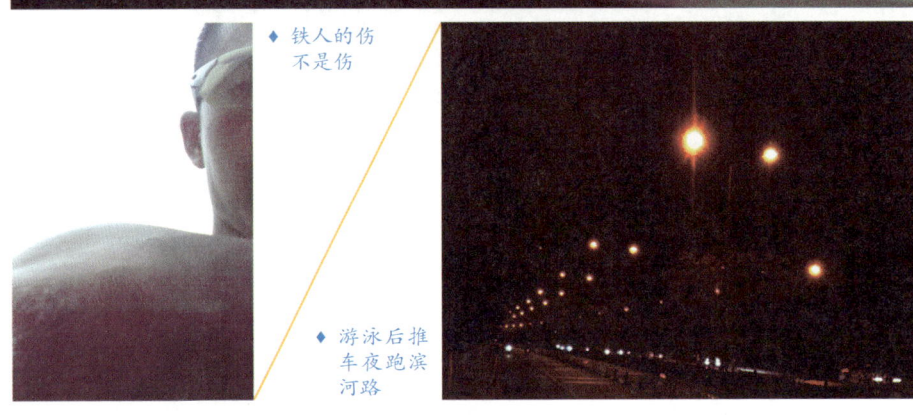

◆ 铁人的伤不是伤

◆ 游泳后推车夜跑滨河路

每一个晚上，在梦的旷野，我是骄傲的铁人。

每一个早晨，在浴室镜子前，却发现自己活在剃刀边缘。

在钢筋水泥的丛林里，在呼来唤去的生涯里，计算着梦想和现实之间的差距。

我很瘦，可是我有肌肉，外表冷漠，内心狂热，那就是我。

我很笨，可是我会跑步和游泳，上班工作，下班拼命，可是从不退缩。

每一个清晨，在都市里奔跑，我是孤独的行者。

每一个晚上，在无人的旷野，却变成狂热嘶吼的铁人，在一望无际公路上，在夕阳映照的汾河里，发射出生活和自我的尊严。

我很弱，可是我很坚强，白天黯淡，夜晚不朽，那就是我……

且游且珍惜

5月28日

早晨雨中奔跑4.5公里，用时30分，晚上骑车18.5公里，用时44分，河里游1.5公里，用时43分。起水推车跑步本来准备跑步10公里，结果快跑完10公里时，一个推车走的后生看我推车跑步，他也推车跑步，竟然在过路口时超了我，火大！在滨河路上推车跑还没见有人超俺的，咬牙再跑1公里，直到把他甩得找不到了才停步，最后跑了11公里……后来和小兄弟说这件事，结果他直接来了句：哥，你也有二的时候？无语……以后要低调，再低调，谦虚使人进步，争强好胜只会增加风险；下月马拉松比赛时一定要学会克制自己，在确保完赛的前提下以自己适应的速度力争进5小时。跑步11公里用1小时17分，骑车7公里用时33分钟。

早晨的蒙蒙细雨似乎是在祭奠两位失踪的游泳女高手，她们准备参加横渡琼州海峡比赛，昨天横渡长江，结果失踪了。长江这个我魂牵梦绕的地方，一直在想今生一定要横渡一次，它却让泳友……有人分析可能是被扬子鳄……保佑她们能够在长江重生！今天来河里还没下水，看到前面好多警车，一个在河里玩航模的人淹死了，为了捞航模……无语，没想到这片水域也会带走生命……人类面对大自然就是如此渺小，脆弱！一定要对大自然报有敬畏之心，人类破坏自然的结果就是迫害自己。人生自古谁无死？为了自己追求的事情去世，又有何惧？果断下水，让奔腾的浪花为两位女泳友和航模哥送行，希望你们能够在天堂继续自己

◆ 汾水一景

的爱好……

把所有的梦用热情点燃
青春岁月熊熊烈火燃烧在风中
把你的名字刻在星星上
每个黑夜抬头仰望温暖我胸膛
我要选择我的路,我不会害怕风和雨
只要有你的鼓励不会犹豫
我要向你说抱歉,我希望你能够了解
只要追到我的梦一定回来
追、追、追……我追过狂风追过我自己
不会退缩,没有后悔,有梦就去追
追、追、追……我追过时间,追过天与地
有梦的明天,那就是我的未来

没想到这么恐怖

5月29日

早上跑步6公里,用时37分,周跑步走路比赛排第四了。中午小练了组健腹轮用时20分钟,下午下班和文君去游泳,18.2公里用时47分,状态比较差。

刚下河岸,被一泳友叫住,要给我拍照?郁闷,难道要给我介绍对象?结果人家说,要回去给他老婆看,照就照吧。这年头的老公们都怎么了?然后就是一堆裸男们夸我游得快,长得……受不了!

赶紧下水游泳,今天的水温真好,蓝蓝的天上白云飘,白云下面男儿……夕阳把天、云、水、山描绘成一幅绚丽的图片,图片的中央是我在碧波荡漾,

>> 第四章
不跑长城非好汉　初生牛犊不怕虎

时而自由泳，时而蝶泳，完全与这美景交融。畅游38分，1.28公里上岸，裸男们都已退场，轻松！"来再给你照两张！"我的个天呀，刚才给照相的"黑胖胖"还在，我来时他就游完了，一直等我游完……等等，你总不能给我拍裸照给老婆看吧？赶紧甩干身上的水滴，套上短裤，配合人家摆几个Pose。希望他没偷拍……第一次看到自己的背影，这么恐怖，打铁尽然把后背打造成这样了！文君也来一张，小兄弟的肥腰肉背没我的健美，让你偷懒，哈哈……和文君一起游泳很开心，他听说昨天这里淹死人，有点恐惧。为了安慰他，今天不跑步了，和他骑车54分钟，14公里。然后一人两碗羊肉汤，两个饼子，反正我吃多少也不长肉，多吃点吧。

◆ 小兄弟文君的铁人后背　　◆ 风吹日晒的铁人后背

吃喝玩乐——人生的最高境界

5月30日

微信好朋友的老婆关心我,怕我运动过量有害身体,心里热乎乎的,要不说老婆是别人的好呢?斌谢谢你!

生命是啥子东西?生命就是一种能量,能量存在,生命就存在,心不跳了,大脑不转了,生命就自然画上了句号。一个肌肉再发达的人,如果他大脑死亡了,再健壮的肌肉也是死肉一块。要让生命活得精彩就必须让它获得更多的能量,而能量的来源就是吃喝,吃得多能量物质进来得多,喝得多能量物质消化吸收得快,这样肌肉长得就快。普通的肉都是由脂肪这些没能量的肉组成,要让肉储备能量,就需要通过运动将脂肪转换为肌肉。当你拥有更多能量时,你就能够活得比别人更加快乐。吃喝玩乐,生命的最高境界!人出生第一天,起就不能停止吃喝。要想取得成就,就必须让你的事业建立在你最喜欢的

◆ 游泳前的晚霞

工作上，当你把工作当成玩一样痴迷，那你就会乐在其中。爱因斯坦时刻都想着实验，发明创造就是他的爱好，就是他最爱玩的，最快乐的事情。吃喝玩乐，今天你想通了吗？一点拙见，感谢关心我的朋友们，希望能够给你带来帮助。

这周练得有点狠，今早起来腿有点痛，想想马上要参加马拉松，跑吧！晨跑42分钟，7.3公里后爬楼27层，下午下班继续骑车43分半18.4公里去汾河游泳，骑车前给车打了打气，速度马上比昨天快了许多。自行车就是好，打气就可以提速了，不像汽车还得加油冒烟破坏环境。到河边，小兄弟早到了，天气不错，决定多游游，说好他跟我，结果我畅游1小时4分2.5公里上岸，他早跑了。哎！现在的年轻人呢，离开老婆一会儿就……继续推车跑步47分钟6公里，骑车45分钟12公里回家。

来到户外，回到童年

5月31日

每天都在忙忙碌碌中度过，抽出时间到户外与大自然亲密接触是最幸福的时光。在没有人类文明前，人也是野兽的一种，没有工作，没有住房，只能与兽为伍……

早晨公园跑步41分半6.2公里，一天爬楼梯44层，晚上骑车50分钟18.2公里去游泳，游泳1公里用时28分。刚出水，单位来电话催回去加班。只好推车小跑14分钟2公里，再骑车16公里50分钟回去加班。好不容易骑回去了，事也没有了……看来离开谁地球也能照样转。

5月训练总结

5月骑行总距离614公里，总用时1822分，平均每公里用时3分。比4月骑行总距离增加295公里，总用时增加990分，平均每公里用时增加20秒；跑步总距离300公里，总用时2381分，平均每公里用时7分56秒。比4月跑步总距离增加159公里，总用时增加1531分，平均每公里用时慢1分56秒。游泳总距离28公里，总用时910分，平均每公里用时32分半。比4月游泳总距离减少8.8公里，总用时增加10分，平均每公里用时慢了8分。爬楼梯263层，其他健身用时187分，打沙袋2800下，比上月大幅度增加。本月全部锻炼总用时5300分，比上月全部锻炼总用时增加2717分，增加锻炼时间超过一倍。5月虽然训练量大幅度增加，但是骑车、跑步、游泳速度都下降了，主要原因是5月开始户外游泳，跑步多为推车跑步，因此速度明显下滑，6月开始要注重在保证训练时间的情况下，提高训练质量，保证三项速度能够稳步提高。

让儿子也跑起来

6月1日

儿童节到了，希望小朋友和老朋友们能够多到户外走走，让每个生命都能够与天、地、大气、山川、河流融为一体，回归自然就能回归到童年的快乐。

早晨带着龙龙去公园一起跑步健身，龙龙是个很听话的孩子，初中学习压力大，平时也没有时间锻炼，只有周末才有时间领他出来一起跑步。跑1公里左右他就累得不行，我只好折返跑等他，鼓励他继续跑。说实话，他现在的身体素质比我小时候强多了。我小学和初中经常得病，长得像个小萝卜头，龙龙比

第四章
不跑长城非好汉　初生牛犊不怕虎

我小时候长得高、也有劲。虽然学校现在每天都让孩子们绕操场跑跑步，但是他的跑步动作很不规范。现在学校最注重的是升学率，体育不是主课，得不到重视，连最基本的跑步姿势也不纠正，真是中国式教育的悲哀。

我一边跑一边告诉他一些跑步的基础知识。首先是跑步时手臂前后摆不要横向摆，打开胸腔有利于呼吸；其次是刚开始跑长跑前面不能跑得太快，要均速跑，先不追求速度，只追求距离和耐力；第三是跑步上身要保持平稳，不要左右晃动，让身体保持向前用力的姿势。当然也不能对他太严格，培养兴趣为主，现在的孩子容易逆反，如果说重了就可能连这最简单的运动也无法坚持。我一直和他保持朋友关系，只有一次因为他不好好吃饭轻打过他，很后悔。每个人都是独立的，都有选择自己道路的权利，虽然为人父母，但也应该尊重孩子人身自由和权利。

公园人太多，跑7公里用时1个小时。跑完去健身区做引体向上20个，单杠翻滚6次，不比上学时差！中午吃了8个大包子，一盘子驴肉，一大碗元宵。饭量越来越大，体重越来越轻，别人都是减肥，我是想尽办法增肥。下午骑车18.3公里到河边用时44分半。下河里游泳4公里用时1小时30分，平时每次游泳都着急赶在日落前上岸，总不痛快，今天时间宽松，游了4公里一点都不累，真想一直游下去，在水里感觉自己就是一条海豚，自由滑行……其中两公里一次用19分，一次18分钟，这速度不可能吧？如果按这速度发展下去，总有一天我会超过孙杨？手机不准确，我就当是鼓励吧！游完骑行17公里回家，用时53分。

有梦想就要早动手，如果能让我自己重新活一次12岁，我也一定能够圆梦奥运……

◆ 迎泽公园健身中心玩单杠

◆ 儿童节带龙龙去迎泽公园锻炼，亲近大自然就是最好的节日礼物

◆ 儿童节龙龙的开心照

◆ 儿童节龙龙跑步照

马拉松前的最长拉练

6月2日

周末又有了属于自己折腾的时间,中午小睡一会儿,不到3点出发,开始磨炼自己……

先步行2公里找到公共自行车,骑行5公里到柳溪存车,跑步开始。今天选择太原市最舒服的跑步路线:滨河公园。一路上鸟语花香,不时还要和花草们一起接受喷泉的浇灌。跑到4公里时,进入各种天体浴场,太原后生们真会享受,一堆堆的裸泳男们隐藏在草坪里晒太阳、打扑克,偶尔也有男女在谈情说爱……一路经历了四五处这样的野泳聚点,除了北中环施工现场路不好,其他路面都相当干净舒服。

◆ 夜跑滨河公园

第四章
不跑长城非好汉　　初生牛犊不怕虎

跑这一路，感觉太原真是一个适合健身运动的城市，滨河公园修得太美了！13公里1小时25分在不知不觉中跑过，到达河边已经汗流满面，喝半瓶水、一袋牛奶后下河游泳。今天游泳的人不少，我跑步后体能有所下降，本来计划游3圈3公里，实际3圈游上来只有2.6公里，用时1小时12分。穿衣继续往回跑，今天就没给自己留退路，骑公共自行车跑步过来，不跑回去根本没办法！别无选择跑吧，腿越来越沉重，天色越来越暗，咬牙坚持，1公里、2公里、5公里、10公里……真想放弃，但是想想下周就要去比赛马拉松经历更艰苦的旅程，挺住！决不放弃！

跑到12公里用时1小时28分时手机没电了，换上电池看到"亲亲潘家们"的哥哥嫂嫂们正在分享快乐的周末，看着五哥海南的豪宅好羡慕，又累又饿的我真想马上飞过去和哥哥们一起喝啤酒、吃海鲜……五哥说马上把身份证发过来定机票，感动……激动了三分钟，回复："革命尚未成功，小弟还须努力！"边走边找到公共自行车，二哥叫我去家里吃饭，这个没问题，骑着车子马上飞奔过去，买了两瓶冰啤酒和二哥小酌一翻。

喝完酒吃完面带上二哥给的大寨特产骑行回家。今天真的很幸运，骑了三次公共自行车，存了两个地方，居然骑的都是同一辆车，感谢太原公交公司免费提供这么方便的健身工具！放车再走2公里回家。

本周走路跑步比赛得第六名，全国的强人真多，佩服！

野游女吓跑裸泳哥

6月3日

这周节省点体力备赛，所以早上小跑4.5公里用时31分，爬43层楼梯，下午放松骑行36公里用时1小时40分，游泳1.8公里用时53分。

今天天气不错，正游得欢时，听见小兄弟在岸边一声惨叫：哥快上岸……

怎么了？难道帅哥抽筋了？慌忙上岸，只见他在慌忙穿衣服。兄弟，闹神咧？"哥快上来哇，大批女人下水咧"，啊？我的个天呀，扭头一看，五六个美女在旁边不远处下水呢……不得了了，我们这群裸泳哥们太伤风败俗了，赶紧上岸……

我上岸不禁大笑起来：你这个怪娃娃，女人下水游泳还能吃了你不成，有必要这么紧张吗？

又成孤家寡人了

6月4日

昨天小兄弟被野游女吓得不敢来游泳了。我又成了孤独的行者，下午一个人蒙头骑行18.3公里用时45分。刚脱衣服准备下水，就听见背后一裸男和美女对话。我晕，现在的女人真是胆大包天，裸男还鼓动美女跳水。我勒个去，赶紧跳入水中游吧。今天体检抽血了，早饭也没吃，中饭没吃饱，准备小游一下，结果女同胞们在岸边总不走，害我游了51分钟，2公里才上岸。汾河公园过了兴华街两岸全是裸泳人群，大家都裸时你穿衣服，别人就把你当怪物看，没有办法！起来快跑3公里用时18分，骑车15公里56分钟回家。

今天加入一个铁三群，中尉和我交流了一下自行车踏频的作用，感觉很有收获，一个人骑行中认真体会……从今天开始跑步继续减量……

◆ 游泳后的晚霞

披星戴月的追梦人

6月5日

早晨7点跟在洒水车后面跑了4.6公里,用时29分,在公园里专门找难跑的路练习跑步平衡。中午去修车,斯巴鲁的免费午餐没吃饱,预热塞没货,交了定金又开到大昌走保险费用喷漆。告诉大家一个经验,以后蹭车走保险一定要说自己去修,不然保险费自己拿不上。把汽车放在修理厂,拿出自行车骑车13公里,用时36分。下午骑车去游泳走汽车道,非常爽,有7公里都上了30迈的速度,19公里用时45分。游泳2.2公里用时55分,再推车越野跑4公里用时30分,然后再骑行汽车道15公里用时46分返回。滨河路自行车道太不安全,汽车随便逆行,自行车也装强光灯刺眼,汽车道宽,沿边骑行比自行车道安全。

从夕阳西下折腾到路灯向我致敬,夜色下,路边隔一段就停着各种陆虎宝马车纵情欢笑……饥饿感油然而生,放下车到小饭馆要了盘凉菜,一大碗烩锅面,回家再吃大块西瓜,洗澡睡觉。只要躺下就入梦境,时时疑惑我到底多大了?感觉至少过了上千年,因为白天活17个小时,晚上经常一睡就是几年十几年……

昨晚梦到我不知道去哪个国家创业，那个国家的建筑非常高大，每个公司的楼建得都和山一样高，而且每个楼建得超级艺术，有的像埃及金字塔，有的像教堂，有的像城堡，有的像山峰……真是千奇百怪！一个美女董事长接待了我，那大厦豪华级了，里面全是文物古迹装饰，电梯都是手动的，仕女都是宫廷装……出来后坐车，语言不通不知道说去哪里，车上都是打扮古怪前卫的外国人。我别扭地用外语问路，人家听不懂，急得刚想爆粗口，对方马上回敬东北话，然后车上人全开口了：河南口音、陕西口音、广东口音……我勒个去，怎么都是中国人，难道中国话已经代替英语走遍全球了？这个梦看来是未来梦，那些建筑太超前了，目前的建筑水平和理念根本不可能实现。

白天在追梦，晚上在寻梦，梦的内容远远大于现实生活，真不知道我是谁，我从哪里来，我要去哪里？有时在水里游泳，看着深暗的水底，希望出来个水鬼让我看看。知道真的存在另外一个世界多好，梦何时能醒来？

俱乐部步入正轨

6月6日

早晨跑步4.7公里用时35分半，中午和老朋友见面没有锻炼。一年多没有见，美女又生了双胞胎，加上已经小学三年级的女儿，她已经是三个孩子的母亲了，真佩服她的勇气。虽然我也很喜欢小孩子，但是三个孩子确实负担不起。

下午和俱乐部的老板吃饭，沟通了下一步俱乐部的运行方向，提了点建议，大家谈得非常投机。老板的思路开阔了，大家比赛就更有信心了，希望俱乐部能够尽快走上正轨，给同志们创造更好参赛空间。

晚上骑车回家，一天没有游泳，身体很不爽。可能已经习惯了运动，一松下来感觉浑身没劲，也可能是喝了两瓶啤酒的原因，心情也有一点点低落——还是喜欢挥洒汗水的感觉。

运动治百病

6月7日

　　昨天中午和晚上都有应酬,喝了不少啤酒。今早下雨没跑步,中午忙工作也没锻炼,下午又开会,一天没有运动,浑身难受没精神,感觉自己快病了。好不容易熬到下班,果断骑车去游泳,19公里速度起不来,可能有点逆风,48分才骑到。河里游泳的人不少,游2.2公里用时58分很舒坦,上来推车跑5公里用时33分,很兴奋。那种感觉就是:给我一个支点我可以撬动地球,给我一个女人我可以繁衍一个民族……考虑到马拉松已进入倒计时,马上收住激情的脚步,骑车13公里用时39分回家……吃一大碗面、一盘小凉菜和一桶酸奶,爽!哪里身体不舒服?没得事!

◆ 游泳上岸跑步,华灯初上

◆ 游泳上岸跑步,夜已深

◆ 雨中拥堵的太原五一广场

雨懂我心

6月8日

早晨小跑4.7公里用时31分,后爬楼梯16层,中午好忙碌,差点误了吃饭。下午去修理厂取车,骑车13公里用时45分过去,开车回来一路堵车,比骑车慢多了。回来给市交通电台提建议:既然鼓励大家绿色出行,就应该把人行道、自行车道在道路施工改造中好好规划一下。目前市区自行车道标志不清,时有时无,滨河快速路自行车双向车道和汽车辅道混在一起,骑车出行很危险,希望自行车也建立像公交车一样的快速通道,这样大家才能喜欢上既健身又环保的绿色出行方式(此处掌声响起5分钟)……对不起,大家别太激动,我不是市长,我说了不算!天气很阴沉,放车后没去游泳,夜色和雨水一起来了,雨中漫步惬意……

◆ 雨中拥堵的太原五一广场

又被天气玩弄了

6月9日

早上下雨,没跑步,做几组力量锻炼用时20分钟。中午朋友盛情邀请吃特色海鲜,一堆老板们吃得挺嗨,点的都是稀奇古怪的海鲜,据说是从国外空运来的,味道不错。四零年汾酒喝了二两,福建人的饭吃不饱,吃了3小时,出来感觉没吃饱。下午下班去骑车游泳,结果刚装好车骑出去就开始下雨了,骑1公里只好回来,放车去健身房,刚上楼发现雨停了,郁闷!一腔怒火发泄在健身器材上,四组力量锻炼后,骑行平台上运动了40公里用时2小时,出来吃大碗烩锅面,比海鲜爽多了。

不跑长城非好汉 初生牛犊不怕虎

6月10日

5月21日一个偶然的机会,我稀里糊涂地比我原计划提前3个月报上了全程马拉松。既然已经报名了就要认真准备,先去官网看看比赛规程。不看则已,一看惊慌,原来这个金山岭马拉松是国内难度最高的马拉松之一,很多高手都因为难度大、怕受伤而没有报名。从网站图片看,赛道基本都是在长城上面,很多台阶都已经损坏,跑道又陡又窄。和运动群里的朋友聊天,去过的朋友说北京金山岭长城景色很美,但路很难走,跑马拉松很难!知道得越多,心里越怕,6月22日还要参加宁夏石嘴山的国际铁人三项赛,千万不能跑马受伤呀。所以给自己初步制定目标,这次马拉松以练兵为主,在确保不受伤的情况下,力争能够在关门时间内完成。

从报名到比赛,只有不到20天左右的时间,赛前一次跑步超过10公里的练了7

◆ 跑友在金山岭长城赛道上

次，基本每公里用时在8分钟左右，这样测算，普通公路马拉松我要完成时间应该至少在5小时37分，一般马拉松6小时关门，我这么慢的速度能不被关门吗？而且金山岭长城是越野赛性质，心里的斗志被自己现实的数据打击得已经体无完肤了。

既然已经决定参加比赛，就不能给自己找借口。经过仓促训练后，6月10日我坐高铁来到北京，有朋友第一次去，所以下午陪朋友逛街。从农展馆走到

第四章
不跑长城非好汉 初生牛犊不怕虎

工人体育场,又坐地铁到南铜锣鼓巷,步行了五六公里,整整一下午,溜得我的脚都痛了。想想明天就比赛,8点多吃了晚餐回住处准备出发的东西。

6月11日,早晨5点起来坐组委会大巴来到金山岭。我终于站在了赛场,第一次参加马拉松,什么都比较好奇。其他运动员都穿着宽松的短裤和背心,我穿着紧身的夏季骑行服,感觉有些另类。反正习惯平时训练穿骑行服了,自己觉得舒服就好了!由于马拉松不分年龄组和专业、非专业,所以竞争比铁人三项更残酷,奖项基本都是专业选手的菜,大部分非专业选手都是因爱好来打酱油的,我刚纯粹为挑战自我极限而来的。赛前由来自瑞典的专业教练Linus带领跑手们伴随动感奔放的音乐,进行了充分的热身运动。这是铁人三项比赛所没有的内容,跑手们跳得都非常嗨,各种拉伸运动难度不小。刚开始我一直在拍照,后来也融入热身舞中,舞蹈足足跳了有半个多小时。

比赛很快开始了,我幸运地和外国选手站在第一排的起跑绳内。面对无数闪光灯,俺也过一把明星瘾,和老外们一起摆Pose,实实在在地臭美了一把。9点58分比赛正式开始,外国选手那修长的大腿,很快甩我而去了,我边追边喊:弟兄们,等等我呀……竟然没有人理我!我的处马不能被他们的节奏给搞坏了,打开我手机的运动记录软件,按照自己习惯的速度奔跑……

前3公里都是下坡和平路。已经是10点多,太阳很大,很快我就全身是汗了。平时跑步都是早晨和傍晚,中午很少跑步,所以感觉比平时累。从第4公里开始就是爬山路段,很多路线只能一个人通过,有的台阶已经被历史的长河所毁坏。长城景区并没有封闭,有很多游客,幸亏有北京蓝天救援队的志愿者为选手们在关键地点指路和疏导游客。游客大部分是外国友人,每次她们给我让路,我都非常开心地对他们说"三克油"。游客们也纷纷为我们喊"加油""外锐骨得"。在加油声中,我的斗志越来越高涨。如果是游客,今天可真是一个风景秀丽的日子,天空中白云不断变幻着形状,时而像一匹匹奔腾的骏马,时而像交战的神兵天将,时而像一道道霞光渗透的天幕……远处是一望无际、连绵不断的长城。我们攀爬过一座座远看遥不可及的烽火台,迈过一块块被无数战火浸润的秦砖汉瓦,历史的长河似乎从我眼前一幕幕闪过,无数英雄在这里倒下,无数英豪又从这里挺起!

雄关漫道真如铁,而今迈步从

◆ 马拉松赛道

第四章
不跑长城非好汉　初生牛犊不怕虎

头跃!

我在5公里时吃了能量棒,感觉体能有所恢复——长城赛段要爬过三次,跑步总距离过了13公里,体能也快消耗光了。午时的炎炎烈日快把我烤干了,浑身都已经被汗水湿透了,好艰难。"不能倒下",我心里暗暗为自己鼓励,今天再苦再累,我也要实现全马梦想!

很快遇到了我的同事两口子,他们是第二次过来爬长城。原来我还在他们前面,他们可是一对征战多年的老马呀,看来我还是有希望的。在给他们加油的同时,我也不断给自己呐喊振奋精神!我不停地爬呀、跑呀,爬到城墙头上遇到下坡时,我会大喊"冲啊"!就像战争片里八路军发起冲锋号消灭小日本一样,冲下坡道,趁着下坡的加速度冲上前方的大坡道。很多游客以为我是一个疯子,我不在乎,只要能够调动起自己兴奋的荷尔蒙,一切都无所谓。

第三圈爬长城,感觉这段长城好长好长,前面两次的激情已经被燃烧得所剩无几。比赛中还需要找路、问路、排队下坑道,因为许多路都是从烽火台地下的小洞穿过,游客们看到我们都自觉地先让我们穿过。中国人的素质真是越来越高了,中国人的民族自信心真是越来越强了,这个时候我真为自己是一个中国人而自豪。14至18公里是第三次爬长城最困难的时刻,我又累又渴,真希望能遇到补给站,但是长城上没有设立补给站,我就盼望着能不能经过那个第一圈我扔半瓶矿泉水的垃圾桶,让我捡到那半瓶水呢。好不容易挺到了,发现半瓶矿泉水早已经无了踪影,真有种绝望的感觉。继续前行,希望前面的垃圾桶能够给我带来好运,功夫不负有心人,终于在后面的垃圾桶上看到别人丢下的矿泉水。管不了卫生不卫生,拿起来就喝,爽!然后打开了第二个能量胶,这次有点经验了,不一口气把能量胶吃完,吃点后喝点水,继续吃点,再喝水,经过了三四公里才吃完第二个能量胶。

跑完第三次长城,基本就没有令人头痛的台阶路了,很快跑出了景区到达高速路辅路路段,这里有一个补给站。这时听见志愿者对我喊"25、25",什么意思？我心里嘀咕，难道我做错啥了？第一次穿个骑行衣比赛就25了？我真那么二吗？二就二吧，有吃的、喝的管你们怎么说。跑过去一看，原来我是第25个跑到补给站的。晕了，一路都怀疑我已经落在几百号后了，真是大大好于我的预期呀！

补给站有香蕉、压缩饼干、能量饮料和矿泉水，我先吃一半压缩饼干、又喝一杯能量饮料，再拿一根香蕉开始边吃边跑。一路暴晒在太阳下，不时还有汽车经过，后悔应该在补给站拿瓶矿泉水了，太热了。一路上我前后选手很少，看看前面我离得最近的也有500米左右，后面追我的也差不多，大家距离拉得非常大，身边连个说话的人没有，很孤独！我咬牙继续前行，很快下了高速辅路进入沙土路，19至23公里我匀速在6分钟以内，看来补给点能量确实不一样。但进入23公里至26公里时又是无尽的盘山沙土路，跑也出不了多少速度，还挺费力。不过中途有个补给站，我拿了根香蕉，喝了杯能量饮料，还拿了瓶矿泉水。突然发现头顶上飘来一朵乌云，那乌云就好像朋友们对我的祝福，为我遮住了炎炎烈

◆ 金山岭国际马拉松出发前与国外美女选手合影

第四章
不跑长城非好汉　初生牛犊不怕虎

日，感觉疲劳度马上减少了许多，伴随着扑面而来的微风，感觉天地之间正在为我补充着无尽的能量。25公里时我到达了最后的折返点，这段时间平均每公里用时9分钟左右，中间超了2个人。折返点喝杯能量饮料，拿瓶水就跑，速度挺快，26公里至33公里一路又超了2个人，匀速在6分半左右。

33公里时路过一个补给站，中年女志愿者说：看你累那样了，悠着点吧，又不给放发奖金。确实，我的骑行服也解开了，露着大胸肌，因为太热，矿泉水也往头上猛浇。幸亏带着个塑料袋，把手机和备用电池装了起来，否则汗和水非把手机弄短路了。跑马拉松就是来挑战自我的，对我来说奖金不奖金压根就没有想过。这次全马直线距离是38公里（都是山路，实际加坡度距离是42.19公里），还剩下5公里左右了，我怎么可能因为她的一句话动摇。马上拿出第三个能量棒边跑边吃，最后10公里我其实一直处在奔跑状态，基本没有走路，还剩5公里时感觉特别累，但是看到前面远处的选手已经步履蹒跚了，我一定要坚持下来。就这样一路快跑，34公里以后竟然是我这次比赛跑得最快的路段，手机软件每公里给我播报一次跑速，最后5公里真是越跑越有信心，最后3公里又超了2个选手。一个1.8米大个外国选手咬得我很紧，虽然我超了他，但差距并不明显。当我看到金山岭景区的指示牌时，不知哪里来的神力让我保持速度一路冲刺，很快拉开了和他的距离。进入景区，路两边已经完赛的半程选手给我喊加油，我毅然以百米冲刺的速度冲进了终点大门！

19！第一次参加越野马拉松男子排名第19名，42公里用时5小时11分58秒。最后5公里跑疯了，超了6个人，很多参加过几十次马拉松的老马们都被我超越了。他们全马的成绩都是3个半小时之内的牛人，而比赛之前我最远只跑过13公里，每超一个选手我都给他们喊加油。我知道其实我是在和自己比赛，赛后我说第一次参加，老马们都不信。第一次马拉松比我想象得完美很多，给了我很大的自信心，坚信只要努力，没有办不到的事情，没有克服不了的困难！在人生的道路上我们要想走得更远，看到更美的风景，就要努力向前、向前！

◆ 金山岭长城马拉松艰苦赛道

>> 第四章
不跑长城非好汉　初生牛犊不怕虎

一个神奇的男人拥有一对神奇的大腿

6月12日

　　昨天激情四射地完成了我的处马,今天起来发现腿疼得下床都困难,下午的火车回太原,还有两个重要的约会,真的不想起床,太累了、太疼了,昨天的豪情壮志去哪里了?不就是征服个处马和小洋妞吗?今天起不了床还不被大家笑死?好不容易来北京一次,不能白白浪费时间在床上,咬牙起来,把昨天比赛后送的吃的打扫干净,扶着墙出门了。下第一个台阶时差点跪下,感觉腿已经没有骨头软成面条了……咬牙坚持走了1公里多到地铁站,差点泪奔了——好长的楼梯,看见都腿软。没办法侧身扶着护栏一点点挪吧,路过的人都同情地看着我,打死他们也不会相信这个人是昨天征服金山岭马拉松的第19名……

◆ 北京姐姐家小区一景

　　人生就是这样,风光过后就会有低谷,高潮总是短暂的,平淡痛苦才是生活。想想昨天比赛完和昂哥一起吃饭,他和北京贾哥今天直接去兰州准备参加兰马,他们才是真正的铁人。我这熊样想都不敢想今天再去参加比赛。十号线转四号线时还坐错了方向,下来倒方向,发现对面没有,又得上楼下楼……没办法改变现实,就只能默默承受。

折腾到11点终于见到了老姐,马上打起精神,没事,腿有点不舒服,嘿嘿。去超市买东西去看四姨夫,没想到二哥也来了,真开心!两位老人精神状态不错,有这么多晚辈祝福他们,相信一切病痛都会很快过去。中午二哥亲自下厨,大家吃得很嗨,当然我这个吃货是绝对主力。吃完饭把残局留给二嫂啦,我拍拍屁股潇洒地走了,哈哈,有二哥二嫂就是好!

　　下午去老姐家,见到了我们未来的海军陆战队精英,外甥比我高出半头了,棒小伙!老姐的小区环境很好,看下门口卖价,50平米房卖200多万,眼花!别看北京菜价便宜,蜗居成本太高了,还是租房子划算。

　　5点多坐高铁回来,旁边的小妹妹好可爱!像照顾残疾人一样照顾了我一路,感动!北京之行圆满结束。

跑步和骑车用力不同

6月13日

　　今天起来,腿依然很痛,本想跑步,跑步1.5公里用了40分钟,比走得都慢,从来没有这么痛苦过。力不从心就改爬楼梯吧,每抬一下腿都痛苦万分,上楼还好,下楼酸痛得受不了,不行!决不能当孬种,一天爬了两次32层楼梯……下午骑车去游泳,18.8公里用时49分,骑车腿没什么特别痛苦的感觉,真是神奇。到岸边跳进水,我的天呀,好冷,水也浑。原来是下游举办龙舟比赛二库放水了,水温降了六七摄氏度,感觉酸痛的双腿下去快抽筋了,勉强游了个来回就起水了,不到370米15分钟,悲催!今天不信搞不定这双腿,推上自行车跑步5公里用时40分钟,刚开始迈不开,总晃悠,渐渐感觉腿拉开了。跑完骑行13公里41分钟回家……

　　男人都是逼出来的,回家看看我这对飞毛腿还真不赖……希望明天会更好!

>>>> **第五章**
宁夏石嘴山国际铁人三项赛的有钱人

> 有付出才会有回报，有些物质和金钱回报看似微不足道，不成正比。只有我们把付出当成一种更加健康向上的生活方式时，你的收获将不再是常人眼中的金钱价值，而是金钱永远买不到的健康、快乐和幸福。

进入宁夏时间

6月14日

周五基本回归马拉松前的锻炼方式,榜样的力量是无穷的,比赛后和昂老师喝酒时的谈话对我感触很深。57岁的他坚持30多年冬泳,跑了近百个马拉松,10个小时完成游泳3.8公里,骑行180公里,跑步42公里的大铁比赛,13小时跑完100公里越野赛……人的能量真的是无极限!

下周宁夏比赛,必须恢复体能,早上跑4.7公里34分半,下午骑行19.5公里用时51分,接着游泳1公里32分半,出水跑步5公里38分半,骑行13.2公里52分回家……河水比周四清澈了点,水温还是冷,游1公里就感觉脚麻麻的,估计19℃左右,希望明天水温能更好点。

骑车依然非常弱,周末找机会试辆二手车,希望在宁夏最后的准备时间里能够给自己增加新动力!

叫天天不灵,叫地地不应

6月15日

参加完北京金山岭越野马拉松感觉自己不含糊了。今天修完车,直接跑步14.8公里,1小时41分半去斜拉桥游泳,路上手里拿的一小瓶矿泉水喝完了,游泳1.3公里用时34分,考虑还要跑回去就没多游。今天游泳的人很多,上河岸时发现一个少妇拿望远镜正津津有味地看河边的一堆堆裸男呢,哈喇子都流出来了。我经过她都没发现,我咳了声,妹子吓得差点掉了望远镜……哈哈,逗死我了。裸泳男们就像一朵朵荷花,出淤泥而不染,濯清涟而不妖,只可远观,不可亵玩也!

今天就是逼自己来个长距离跑，没有自行车就没有后路，跑吧。回程好累好漫长，一路上拍照听音乐，依然缓解不了疲劳，最关键的是没有水和补给，跑了3公里就已经体能崩溃了，从慢跑到边走边跑，直到慢走、散步……从夕阳西下一直走到万家灯火，真是叫天天不灵，叫地地不应。硬着头皮，忍着脚疼，扇着蚊子，流着臭汗……最后14.8公里用时2小时53分！最痛苦的一次跑步终于完成了，人不能太自不量力！明天试二手车，希望能骑行百公里……

菜鸟菜车12小时146公里

6月16日

今天约好和网友一起去试骑将要下手购买的二手捷安特7700，早上9点半开始骑行，如果这个原价16800元的车能让我匀速每小时上35公里，我就准备出手了。车倒是特别轻，一根指头就能挑起来，骑起来却特别累！

到了体育中心，突然看见一大帮专业骑手，激动！飙车，刚飙到劲头上，

◆ 试骑二手车100公里，车架不合身骑起来特别累

那帮鬼们停车休息了，难道是有比赛？兴奋！感觉自己就是一头好斗的公鸡。骑了两圈看见路边的闪电宣传点，过去问是不是有自行车比赛？原来是闪电自行车做试骑活动……泄气！不过正好试骑一把，给我来辆最好的，下周我代表山西去宁夏比赛，不差钱！估计车行以为我是煤老板，拿来一辆26800元的，骑了3公里，最高时速34公里。不行呀！有没有更好点的？保证我均速上35公里的，闪电推销不屑地说那得上百万的。上百万？是想让我买宝马吗？晕菜！能不能靠谱点？又试骑了一个两万多的，均速更低，才31公里。还有能骑的车吗？推销员又给拿了个36800的，一骑还真给力，一口气骑了10公里，骑起来很爽，小王试了试也很得力。就这辆，多少钱？美女说店里有，我说就要这个二手，多少钱？不卖，这是全国试骑的。切，心里想幸亏你不卖，我还买……不起呢！得瑟完还得练车呀，今天的正经菜是捷安特7700，一定要把它试透了！

骑到中午，网友小王要回家了，他骑一辆自己网上淘的复古钢架公路车，他骑车水平很牛，均速能上47公里，佩服死了。他指点了我的骑行动作问题，看来外八字腿骑好车不容易呀，也不怪闪电销售小看我，3万多的车给我骑一样是个菜鸟。小王回家了，我开始一个人自虐，体育中心一圈3.5公里左右，一口气骑了10圈，直到闪电的摊子撤了。休息一下又骑了四圈，今天围着体育中心骑行了21圈，然后骑回捷安特店，103公里，用了5小时42分半。太水了，就这水平还计划从石嘴山比赛完从宁夏骑回太原，瞎扯，再练练吧！我以为文君也要来，背着双肩包装五瓶水骑车真累，感觉身上压着座五指山……可惜文君舍不得出被窝。一上午喝三袋奶和三瓶水顶了下来。通过这试骑发现二手车传动有问题，还不如我的风标2700好骑！门口吃碗面，喝瓶冰果啤，回家吃西瓜，冲澡睡了一个小时继续战斗！

6点半出发，骑车19公里去游泳，用时46分，太阳公公头顶上有一缕云朵，红红的夕阳像我那杀红的眼睛一样注视着我骑行。菜鸟疯了，菜车也疯了，感觉比平时快，骑过100公里后，短距离骑行毛毛雨啦……下水时太阳公公已经睡觉去了，我也得抓紧，唰唰蝶泳了400米18分钟。最喜欢蝶泳的感觉，气吞山河，海纳百川，每一次鱼跃都好像能够吸收天地日月之能量，浑身都充满着自信和激情……一出水面就被大批蚊子围攻，大概是吸收的天地能量太多了，蚊子吃醋了……身上顿时起来好几个"青春痘"。马上穿衣推车逃跑，第1公里用时近8分，因为要上坡，第2公里用时6分多，后3公里用时都在6分内，特别是第5公里用时5.15分，看来能量没有白吸收啊？跑完5公里用时31分半浑身湿透了，喝了一瓶水就开始骑车。

嗖！宝马超我了。嗖！奔驰超我了。超吧！呜呜呜……摩托超我了。嗡嗡嗡……电动车也超我？疯了，飙！一路超它，它还一路追，让我飙上了时速30公里。爽！菜车不赖哇！骑了8公里终于把它甩没了，回程13公里用时35分创我最快回程纪录。骑完车再溜达2公里排排酸……

本周跑步130公里，包括参加金山岭马拉松，在咕咚运动里才排了第5名，第一名一周跑步180公里，太强了。明天又上班了，菜鸟加油一定也能变凤凰。

畅游的感觉真好

6月18日

周日运动量大了，昨天比较累，早上没跑步，下午去游泳骑半路遇雨。返回又停了，又被老天戏弄了，还是不够狠，就算淋个落汤鸡又如何？

今天早上跑步还是很累，状态不好，4.5公里用时33分，一天爬44层楼梯都没速度，力量练习也打不起精神，可能是最近游泳太少，没有让浑身肌肉彻底放松。下班前又接到一堆工作，忍耐吧……

骑车去游泳，连遇3个红灯，速度起不来，19公里用了50分钟，怎么去比赛呀？今天水温基本恢复了，龙舟比赛放水产生的泥水也澄清了，游在水中看看头顶蔚蓝的天空，如絮的白云和被我划起的浪花真美！其实何必要去旅游，人间处处有美景，发现身边的美，享受我的绿色自然，比那长途跋涉费油费钱费时间的旅游更能获得健康的力量！不在乎在哪里玩，而在于能否玩得健康、环保、舒心……

不知不觉游了2.3公里用时56分，送走了夕阳，我也该回家了。推车跑5公里33分比早上还快，骑行13.1公里回家用时44分半。路上还见了位想玩铁三的网友，希望更多的朋友能够加入铁三，加入充满能量的健康生活！

风雨难阻满腔热火

6月19日

早晨跑步遇到在北京一起跑马的老苏，长跑协会周日举办半马，可惜我有重任在肩，不能和他们切磋了。早上公园湖里还有练习划龙舟的，运动员是一群胖子，好几个躺船上睡觉，我站桥上大声喊：快点划，别偷懒！胖子们一哆嗦，还以为领导来视察，哈哈。太原爱运动的人越来越多，真希望政府能够大力支持群众运动！跑步4.88公里，用时32分半。

白天运动是外甥打灯笼——照旧（舅），爬楼32层，力量练习20分。下午下班又下雨了，满腔热血怎么能被一点小雨浇灭？不能再被天气戏弄，把手机装塑料袋里骑车出发，哪怕下刀子，今天也要去游泳。骑行18公里用时47分，一路上泥点飞溅，很快就变成了泥人。雨后的汾河很平静，很安详，就像睡美人一样诱惑……水再冷也要下，本来

◆ 迎泽公园晨练遇划龙舟

计划小游一个400米来回，结果下水就被睡美人搞得难以自拔，游了个大圈1公里28分钟，河里没人游泳，后程还是有点莫名的恐惧，可能是身体热量流失快的原因，上岸有点晕晃。上岸甩干，看到原来满腿的泥巴干净了，好爽！风一吹，起了一身鸡皮疙瘩。跑吧！小跑2公里18分钟，考虑要理发就骑车16公里回家，用时46分。放车后换了身干净衣服跑步去理发，理完浑身轻松、信心百倍，希望冰岛女神这次也去……嘿嘿！

真想拥有超人的力量

6月20日

下班又遇下雨，昨天的骑行服还没有洗，明天就要出发去宁夏，于是看场电影《超人》休息。这次超人终于不把内裤穿外面了，衣服超帅。我要弄身超人的衣服会不会也能产生超人的能量？出来吃了份披萨自助，能量不行，我的饭量超乎常人了，哈哈！

走在雨夜里，每一颗雨滴都是老天赋予我的能量，让我汇聚成超人的力量吧，石嘴山——我要刺破长空！

终于拿到了奖金

6月23日

宾馆房间号508，是不是预示这次能拿个第八名？一晚上没睡好，先听到外面下起大雨，明天能比赛吗？像倒水一样，一会儿小兄弟呼噜震耳欲聋地响了起来……

6点10分起来，吃了点饼干，喝袋牛奶，吃根香蕉，一个大桃，四个荔枝，没有吃饱，考虑比赛不敢多吃，怕游泳恶心。和一帮铁友7点半出发骑车去赛场，一路自卑自己自行车档次太低了……

◆ 小兄弟文君在石嘴山酒后失去战斗力，遗憾没有完赛

9点比赛开始前，紧张得去了N次卫生间，努力减少体重。9点整各个级别的全程一起出发，我的个神呀，前200米大家在游泳纯粹是在水中互搏，你打我一掌，我踢你一脚……我摸了好几个帅哥的屁股，太变态了！越游感觉越好，刚准备定速巡航，听到快艇吹号警告我，一抬头，越来越偏离目标了，马上调整。第二前圈开始，一路超人，我超、我超、我超超超……1500米32分结束游泳战斗，我是第九个上岸。

游泳结束冲进转换区一阵折腾，推车出转换区开始了自己心里最没底的40公里骑行，一共要骑6圈。每次都要上一座大桥折返，就上桥时有点坡度，但我依然是弱爆了，一路被超，比我晚上岸的中尉最后套我一圈。我有气无力地骑完40公里，用时1小时22分，痛苦！

◆ 石嘴山铁人三项赛后的铁人们

▶ 我和国内铁三顶尖高手（左手昂国平，右手查建民）合影

◆ 汾河飞鱼母女与铁娃合影

◆ 我和洪姐

◆ 女子老年组合影

◆ 我和罗晶宇

　　进入跑步阶段，心里轻松了许多。中尉，我要找他报仇！第一圈就追回了中尉，自信心马上满满，第一圈后跑步状态渐入佳境，一路反超！天气炎热，我见到补水站就把矿泉水从头到脚浇水，最后一圈开始加速，最后48分完成10公里跑步。总成绩2小时47分，排名第八。第一次拿到了奖金，比金堂铁三进步了9分钟，自行车依然是最弱项。

　　同组的查哥骑车遇前车爆胎，他来不及避让，摔倒了，胳膊、腿都摔伤了，浑身是血依然爬起来继续比赛，卫冕成功继续夺冠。太牛了，他才是真正的铁人，没有困难能够打倒的铁人。55岁组22人完赛，以我的成绩都排不进前八，老前辈们真是太强大了！最可怜的是我的小兄弟，前一天和朋友喝醉酒，他们半程组一共就七个人参赛，他只要完赛，最差第七也能得奖，然而他游泳到一半就放弃了。没有完赛，很遗憾！

　　大部队晚上都撤退了，我成妇联主任了，陪美女们领奖，吃宴会大餐。酒足饭饱思美景，今夜石嘴山月独明，好大好圆的一轮明月，比比赛结果更圆满，陪东北和上海的美女去逛森林公园。天色已黑看不清景色，又转战到石嘴山公园赏月，真的比平时大了很多，美不胜收！正沉浸在清凉夏夜的花好月圆中，突然大批蚊虫吃醋来袭，只好留下小许遗憾……吹着凉风回宾馆吧，今晚终于可以痛痛快快睡个好觉。

水洞沟四小时穿越三万年时光隧道

6月24日

今晨要和石嘴山说再见了，一个美丽的小城市，天很蓝、人很诚、景很美，一夜之间聚集了五湖四海的铁人，在这里留下了欢乐、遗憾、精彩、失望、汗水、泪水甚至鲜血……有新的纪录，也有新的朋友，更有新的感动！生活就是这样，没有十全十美，需要我们永不懈怠，继续努力就能创造新的奇迹。

早晨到银川时间还早，总得找点刺激吧！220元包车去水洞沟看看，离银川火车站50公里，到达时已经烈日炎炎，景区没几个游客。博物馆里看到三万年前水洞沟人的头骨——这个人太值了，三万年还能出来让现代人敬仰。出了博物看到"张三小店"：法国科学家和两个中国科学家在张三小店过夜时，晚上看到亚丹地貌的断崖上有鬼火，在研究鬼火时在沙土断层里发现了史前文明……从此"张三小店"这个1906年的小店也被永久地载入了史册。

雅丹地貌上面就是明代长城，我们踏在已经被风化成土堆的长城上，感觉从三万年的史前文化穿越到五百年前的明代，看着残垣断壁，感觉自己就是抗击鞑靼人的斗士……一激动走错了路，在明代长城上走了五六公里，捡到好多

◆ 水洞沟张三小店

◆ 水洞沟体会古代人民劳作

明砖汉瓦……步行穿越出大峡谷，坐过螺车、摩托车，沿途还一路爱抚了用于观赏的小山羊、小鸵鸟、老骆驼，终于到达一个神秘的地方——明代藏兵洞。

明代藏兵洞，30元门票真值。在河谷的黄土层里，明代汉人修建了5公里多长的藏兵洞，里面充满了陷阱、翻板、刀井……如果敌人攻进去，在那个没有电灯的年代，绝对是有进无回……上下两层的藏兵洞鬼斧神工、一洞连一洞，神出鬼没。至今里面孤魂野鬼尸骨犹存，站在陷阱上面的玻璃地块上看着下面一根根直立的竹尖，心惊胆战地让游客立马能够感受到敌人掉入后下半身被刺穿的痛苦！

出来后，遇到一个非常没素质的游客，竟然因为一点小事对我们的女铁人东丽姐破开大骂，气得我差点大开杀戒。要是放在明代，绝对把她搞成水洞沟人！藏兵洞外是红山堡，明代长城每70公里就有一个军事堡垒。从红山堡出来坐摩托大卡出景区，包车师傅一直等了4个多小时，真不错！（一点小经验，遇到当地的服务行业人员，一定要多夸奖当地的服务行业如何如何好，激发起他们的本土自豪感，你将会得到意想不到的优质服务）到鼓楼找各种冷饮吃，鼓楼旁边的老毛手抓肉让我想起了多年前和同学一起拖家带口自驾游的宁夏之巅，今天再也吃不回那时淳朴的滋味……瘦羊肉一盘118元，来半盘，一大盆羊肉烩面，一瓶啤酒，吃货的幸福时刻。虽然不是饕餮大餐，但吃了东丽姐母女俩的霸王餐，真不好意思！

脚疼不是病

6月25日

今晨4点半回到太原，回家小睡1小时，上班爬楼梯16层，练健腹轮40个。中午感觉脚疼，下午下班给自行车装上前后灯、车锁、车梁包和风火轮，管不了脚痛的问题了，骑车去游泳，18公里45分钟。

第五章
宁夏石嘴山国际铁人三项赛的有钱人

◆ 水洞沟原始人雕像

◆ 水洞沟和汾河飞鱼坐而论道

今天的云真漂亮，像寺庙中彩绘的天女散花一样。小游1公里25分后上岸推车跑步，发现脚还是痛，跑了1.3公里11分改骑车。夜幕降临，打开前后灯、风火轮和手机音乐，跟着DJ的节奏骑车，速度比来时还快，11公里用时27分。

◆ 水洞沟一景

◆ 水洞沟一景

◆ 水洞沟城墙

◆ 水洞沟母女俩

热爱生活　虐待自己

6月26日

今天早上6点起来准备去跑步，出门发现脚好痛，走路一瘸一拐，怎么跑？想想前半月刚跑了马拉松，周末又比赛铁人三项，铁三赛完还爬了水洞沟和明长城，最近运动量确实太大了。慢慢爬行吧，路过广场看见高考招生会，想想刚玩了两三个月，我已经是国家三级运动员了，要是再上一次高中，我也能通过体育享受保送……

上午咬牙爬了32层楼梯，感觉是跟腱部位疼，我可不能当"某跑跑"，我要坚持运动，决不放弃。下午下班脚还没有任何好转，跑不成就改骑车。骑到斜拉桥时天空劈过一道闪电，下雨已成必然，反正也赶不回去了，索性练习一次雨中骑行。刚骑到中北大学，平地一声炸雷，马上风雨交加，让暴风雨来得更猛烈吧！我从逆风转向顺风返程，追着雷阵雨跑，速度一直在30公里/时以上，太刺激了，最终没有追上大雨的速度。很快头顶的乌云席卷着雷电冲向了南边的机场方向，我畅骑在顺风的小雨中，刚刚还乌云密布的天空一会儿就变成了彩虹飞度、霞光万丈……这个时候老天和我的心情一样透亮幸福！

骑到森林公园不过瘾，又返回到斜拉桥再骑一遍才回家，骑行64.4公里，用时2小时51分。一瘸一拐的圣斗士，没有太多要求，希望明天能恢复跑步！

◆ 滨河路的天

文化人混成保安了

6月27日

早上起来脚还疼，憋不住了，公园小跑4.6公里40分钟，太原清晨美景不比其他城市差。下午下班要参加一个文化交流座谈，都是层次很高的收藏家、书法、摄影大家。考虑是不是该穿正式一点，可还想抽空骑车，反正是非正式聚会，还是自己舒服为原则，反正都是哥们，谁爱笑话笑话去。

骑车先去车店看了下Tcrsl1，比较失望，车架不合适，配置也不对，想看新款高配置的要去石家庄，太原公路车市场也太落后。看车出来，还有点时间，上滨河路骑一圈28.5公里，用时1小时10分，要是换个好车，均速上30公里/时多问题不大。直接骑车去文化沙龙，推车进了博物馆。有些羞赧，新朋友很多，来头都不小，我显得与环境格格不入——乔布斯那么大牌出席公众场合不也就穿个牛仔裤，比我大裤衩短袖好不了多少，自我安慰一下，哈哈。

今天徐会长请来一位准备开展览的书法家，字写得很不错。他现场龙飞凤舞为贵宾写了几副字。我没有要，一是轮不上，二是我也不太会欣赏……舞文弄墨后大家一起吃饭，都是文化人，大家以茶代酒，聊得很开心。一桌饭没吃饱花了2450元，看着有些心疼，虽然不是我请客。

聊完就10点多了，一个个豪车开走了。我淡定地骑上自行车回家，放车溜达时，一个骑摩托的人追上问我：兄弟，干保安吗？我直接无法淡定了……啥眼光呀，刚从文化圈里出来怎么就被看成农民工兄弟了？太伤自尊了！忍不住大声对那个"星探"说：兄弟你真是……太有眼光了，一个月多少钱啊？

工欲善其事，必先利其器

6月28日

这个周末我没锻炼，修汽车用一天。自行车准备升级一下，参加了两站铁人三项比赛，自行车一直是我的最弱项。我那2000元的捷安特2700还不如别人公路车一个车把的价格，又重又不出路，有点坡度就累得要命，外出比赛装车也累。工欲善其事，必先利其器，既然准备长期玩铁三就要舍得投入。

这周末搜集各种装车知识，上网购买配件DIY自己的第一辆公路车，也正好休整休整饱受伤痛的臭脚。

6月训练总结

6月骑行总距离671公里，总用时1918分，平均每公里用时2分52分。比5月骑行总距离增加57公里，总用时增加96分，平均每公里用时减少8秒。跑步总距离186公里，总用时1387分，平均每公里用时7分27秒。比5月跑步总距离减少114公里，总用时减少994分，平均每公里用时减少29秒。游泳总距离23.6公里，总用时619分，平均每公里用时26分14秒。比5月游泳总距离减少4.4公里，总用时减少291分，平均每公里用时减少6分16秒。爬楼梯231层，其他健身用时100分。本月全部锻炼总用时4024分，比上月全部锻炼总用时减少1276分，6月训练时间和量下降的主要原因是参加了两场比赛和调整脚伤所致，但是骑车、跑步、游泳速度都有所提高，说明训练质量较好，通过不断积累，能力有所增长。

下半年我将挑战吴忠、北马、上马三个马拉松和威海长距离铁人三项，还要备战我的首个百公里越野赛，疯狂铁人将不断迎接全新挑战！

>>>> 第六章
我的战车　我的梦

　　你了解自己的动手能力吗？中国人最缺乏的就是动手能力，是懒惰？是习惯？还是生活压力大？我感觉是教育体制问题，当我们抱着书本照本宣科20年追求各种考试成绩的时候，我们失去了太多基础的生活体验和动手创造机会。一名学习优秀的大学生毕业进入社会后，常常会感到与这个社会格格不入，最大的问题就是动手能力差，书本上的知识根本无法解决实际问题，缺乏独立解决问题的能力。我曾经也是一个衣来伸手、饭来张口的"少爷"，到不惑之年才发现原来亲自动手可以解决很多问题，千万不要小看自己的双手！

你下你的雨　我流我的汗

7月1日

回想上半年运动生涯，骄傲、自信、健康、强大……一个全新的我重生了。运动真是一个奇妙的良药，不惑之年才迈进运动的大门，回头望望，原来的人生路与这半年相比都变得暗淡无光。从今天开始更加珍惜每一天，让自己的人生路走得更精彩、更长远！

早晨跑步4.7公里用时42分，脚痛的习惯心理造成不敢用痛脚落地，结果必然是一瘸一拐。狠心专门用痛脚落地时间长点，就会发现其实并没有想象中痛，还能专治各种脚痛、心痛、心脚痛……哈哈！

下午下班骑车又遇雷阵雨，改道健身房，动感单车上狂骑40公里，花了73分钟，从来没有在动感单车上骑行这么远过。最后10公里心率基本在140以上，匀速在35公里以上，人的潜力真是无穷无尽！汗水如雨，浑身湿透到短裤往下滴答水，地上湿了一大片……骑完马上到爬山机上跑5公里，用时40分。还有力气?分4组每组10个再做40个健腹轮。还没有累趴下？跑步机上最大坡度跑200米……终于累崩了，鞋里全是水，当然不是雨水，是汗水！

今晚我用实际行动告诉老天爷，你下你的雨，我流我的汗，天气已经无法阻止铁人前进的步伐！

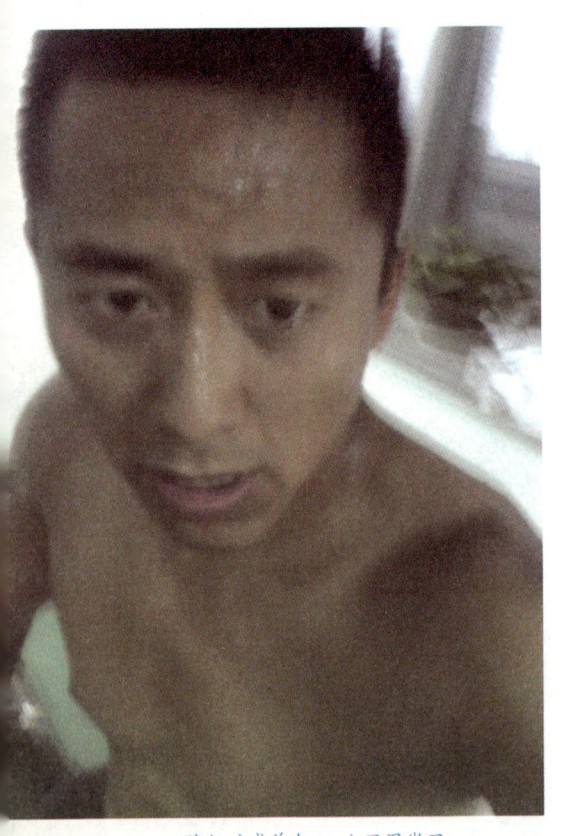

◆ 骑行动感单车40公里累崩了

可怕的自杀式袭击

7月2日

早晨公园跑步4.7公里,用时46分,脚还不舒服。经过这几天的折腾,我坚信继续锻炼会加速好转。中午锻炼关节硬度,拳、肘、脚、腿、膝盖共打击沙袋1200次。人们常说跑步坏关节,以后要强化对关节的强烈打击,千锤百炼才能炼就钢铁不坏之躯!

下午下班骑车猛蹬上坡,突然听"咔嚓"一声,飞轮上的变速器掉下来了,原来是辐条上安的闪光灯卡在变速器上……可怜的捷安特2700难道就这样寿终正寝了?推到捷安特店,25元换了个尾钩。幸亏这时坏了,让我知道骑车哪些小配件不能随便乱安,外表漂亮可存在许多安全隐患。

◆ 夜骑回家过街天桥

修完车,正好车店的捷安特山地自行车队去拉练中北大学,加入一起出发。刚开始他们骑得太慢,我忍不住就单飞了。不过16公里时追上来几个人,真快,很轻松就超了我,骑的还是山地车,悲哀呀,18.5公里骑了48分。

修车耽误了时间,下河时夕阳已经躲进了西山后面的安乐窝,斜拉桥下没有路灯,只能游泳400米,用了12分钟。上岸就天黑了,荒郊野外我这一身香肉吸引来方圆几公里的蚊子,它们像自杀式轰炸机一样来围攻我,我手忙脚乱赶紧逃跑。光膀子跑了5公里36分钟才把蚊子群甩掉,唐僧肉怎么随便让它们享受?裸奔完毕,穿上衣服骑车13公里36分钟回家。

公路车大战出租车

7月3日

早上跑步4.3公里用时43分，体能恢复不了的话，20天后怎么坐18个小时火车硬座去嘉峪关比赛？晚上去骑车，刚过北大街就被一辆出租车紧紧盯上了，这是准备火拼了？自行车打死也干不过汽车呀。这时司机摇下玻璃说：我给你护航，看你能飙到多少。还有这好事？飙吧，出租车护航了3公里，问我还能不能快了？兄弟我都快拉爆缸了，根本加不上速了！他说：时速40，加油！先走了……拜拜！

继续练习，突然发现身后又跟了辆捷安特，死死地紧咬我的屁股，今天是人品大爆发了？狂飙吧，疯骑5公里，速度一直保持在33公里/时以上，那后生依然从容跟屁……高手呀！再现了现实版的《速度与激情》，18.88公里用时43分半，比昨天提高了5分钟。到达斜拉桥从容游泳28分半，1.25公里，起水再推车跑34分半，4公里，慢得让我自己都痛苦，骑车14公里40分钟回家。在小饭店来一小碗烩锅面，三元小凉菜，九元钱吃饱，能省一元是一元，勒紧裤腰带升级公路车！

◆五一广场夜景

第六章
我的战车 我的梦

沉默是金

7月4日

下午讲了三小时课,看着一教室的老同志,真的很心酸:靠平均年龄45岁以上的客户经理去占领市场?年轻人都去哪里了?

讲完课去骑车,大脑发沉,死活骑不动,说话太多了的原因?难怪人常说,沉默是金。言多必失,要做行动的巨人,说话的矮子。那些爱耍嘴皮子的人往往是最脆弱的人,坐在墙角一言不发,我行我素的往往是武林高手……骑行9.4公里耗时33分钟。

能量都被讲课散发没了,

◆ 每天傍晚去这个大桥下游泳

跳进河水中马上能够感觉到能量再向我聚集。滑翔在碧波荡漾的水面上,蓝蓝的天空是我的爱,染红的云儿是我的情,什么样的心情最呀最摇摆?爽呆了,现在的水温真的很舒服,暖洋洋地滑过我黝黑的皮肤,就像坐水疗一样轻松,轻轻松松畅游2.3公里耗时52分钟。上岸小跑4公里用时31分,明显感觉比来时能量恢复了不少,水真的是生命之源、能量之源……

滨河路上骑车的人真多,真想和他们飙车,无奈夜太深,还是回家睡觉吧,骑行5.6公里15分钟结束战斗,等我升级战车后再会他们!

大风暴雨衬托交警英姿

7月5日

大早上就狂风暴雨，步行上班鞋全湿了，马路已经变成了河道，雨中观景凉爽宜人。正美，刷！飞溅一身泥水。再走，嘟嘟，惊得一身鸡皮疙瘩……雨天行人自行车行路难呀，汽车有那么急吗？坐车里能淋上雨还是能被汽车溅上一身泥水？堵车时"嘟嘟"个没完没了，路一通就不停地溅水……

广场大路口已经变成一片黄色的海洋，交警同志淋着大雨忙碌地疏导着交通，来不及打伞穿雨衣，帮助着冒雨水的行人和自行车有序过马路，令人肃然起敬。以前开车时总讨厌交警开罚单，步行之后才发现交警的美，汽车为行人、自行车主动让道是社会文明的表现，而在中国行人、自行车只能为汽车让道，"嘀嘀"催命声实在让人难以忍受！从我做起，少开车，少按喇叭，少违章，大家一起绿色出行！

下了一天雨，正好休整休整，恢复体能。

小铁人练起来

7月6日

正在自行车道上狂飙，突然前方冲来一辆摩托车，速度至少有50迈，在本来就不平的马路上一路逆行颠簸而来，擦我肩膀过去，直冲着龙龙的自行车扑了过去……我的妈呀，大脑嗡……

下了一天雨，周六天气不错。带龙龙去骑车游泳，龙龙是我周末训练的小伙伴，从我刚开始练铁三时就想让他参与到铁人三项运动中。在现行的教育体制下孩子的学习压力太大，升学考试是判断孩子是否优秀的唯一标准，任何无

第六章
我的战车 我的梦

法提升考试成绩的活动都得次要的，都要给学习让路。虽然已经放暑假了，课外补习班多得比平时上学还繁忙：上午跑一地方上课，下午再跑两个地方上课。真心疼孩子，可是别人都在学，你不学名次就要下降，就可能被火箭班淘汰……本来十几岁的孩子正是生长发育出体育成绩的好时候，繁重

♦ 龙龙骑车和我去游泳

的学习压力让龙龙没有精力和我一样去锻炼。因此他每周最多才能和我训练一次，我已经完成了两次标铁和一次山地马拉松了，他还是处于初级阶段。

周末早晨车不多，一路骑得还很顺利，上了滨河路就开始提速了，龙龙还不错，每次和我一起锻炼都很有耐力，从不叫苦。刚骑过柴村大桥，突然对面逆行冲过来一辆摩托车，我一闪躲过去了，但龙龙就紧在我身后，我赶紧靠边，摩托车也急刹车……我头都蒙了，这下撞上非受伤不可。下车一看摩托车停住了，龙龙腿撑住地，摩托车轮撞在了脚踏上，脚踏有点变形，还好人没事。摩托车驾驶员连声说对不起。我严厉地批评了几句：自行车道逆行还这么快，这是迟早要出事的呀！

现在的城市道路设计相当有问题，滨河路汽车道设计六车道宽，可是自行车道大部分路段却挤在没有一车道宽，还是双方行驶的窄路上。在自行车道骑车比在汽车道上危险多了，因为汽车道起码是单向行驶的，而自行车道摩托车、电动车、自行车双向行驶不说，经常还有汽车停路边或行驶。说句心里话，本来想教育孩子遵守交通规则，骑车要骑自行车道，但是这种复杂的路况真不如骑在汽车道上安全。虽然龙龙没受伤，但是车子受伤了，后来发现是曲

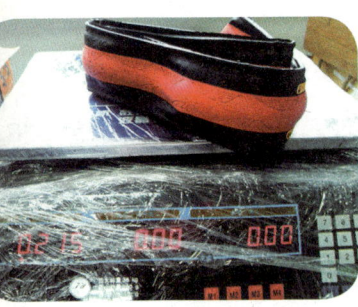 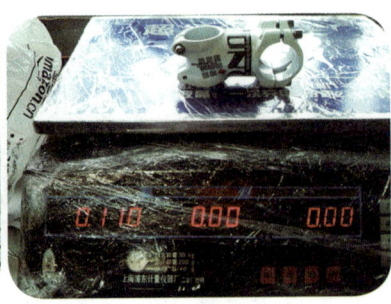 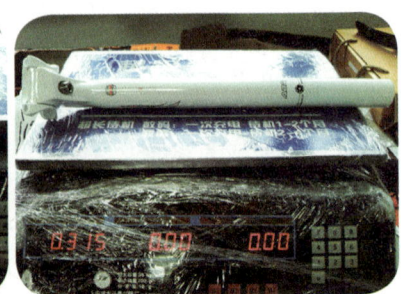

◆ 公路车外胎重量　　　　　◆ 公路车把立重量　　　　　◆ 公路车座杆重量

柄坏了，还好在保修期内，去捷安特店换个曲柄等了三个月才换上，耽误了我领龙龙训练的很多机会。

　　终于骑行到斜拉桥，20公里耗时1小时15分，龙龙能够坚持下来已经很不容易了，从来没有骑这么远过。中午阳光挺好，让他和我一起下河游泳。龙龙从来没有在河里游过泳，这对他是全新的挑战，河水没有过渡，下水就非常深，正好昨天下雨上游放水，水温有点低。龙龙非常紧张，紧紧跟着我游，动作都变形了，但速度很快，我能感觉到他紧张得要命的呼吸。游了一个400米来回他就不敢游了，看他浑身起鸡皮疙瘩、小嘴青紫，我也不忍心让他再游。上岸玩了几次两米高台跳水，看着他暑假难得的开心笑容，我也打心眼里高兴。（户外游泳他还是不适应，回去得了中耳炎，治病用了好长时间，现在孩子的体质真让人担忧）

　　河边没敢多玩，我们又骑行19公里回家，用时1小时25分。龙龙非常了不起，比我13岁时的体能强多了！真希望他能够有丰富的课余时间能和我一起训练铁人三项，享受回归大自然的快乐，虽然有可能那只是一个美丽的梦。

被逼无奈，DIY 公路自行车

7月7日

我的战车坏了，马上要去参加嘉峪关铁人三项比赛，没有战车还比什么？恰好车子也该升级了，从今天开始抓紧配置一辆定制的公路自行车。买第一辆公路自行车时还对自行车配置一窍不通，经过3个月的骑车才略知一些毛皮：适合自己的公路车就和一件合身的衣服一样，需要自己身体的详细数据来和车架的各个部件的尺寸配对。车架是自行车的灵魂，特别是公路自行车，合适的车架尺寸骑得爽。偏大或过小都会影响你的骑行姿势，导致你骑车要比别人费劲，长时间还可能会导致运动伤害。其次车把、把立和曲柄尺寸都是影响骑行速度和舒适度的关键指标。经过对自己骑行习惯和姿势的体验，通过公路车Fitting软件，我基本确定了公路车各个部件的合理尺寸，根据尺寸再选择每个部件的品牌、材质和性能。如果说买第一辆公路车我10分钟就确定了的话，这辆DIY公路车我从收集资料到确定车架、车把、轮组、车座、把立、座杆、套件、车胎……前后几套方案，折腾了半个月左右的业余时间。

装车方案： 全碳公路车，碳纤维是目前公路车材质选择的主流，其特点是高强度、低重量，几乎所有2万元以上的公路车都是碳纤维的。其缺点是价格高、不耐摔。我现在最缺一是时间、二是钱。本地车店公路车选择空间非常小，且都是整车出售，根本无法找到适合自己尺寸的整车。在网上搜到很多国产无牌子超低价格的碳纤维公路车件，计划自己配置一台山寨碳纤维公路车。网上下单很方便，从早上9点研究到晚上11点，对比了一天，比锻炼累多了！把所有配件全部搞定，坐等收货装车。

安全大于天　方案大调整

7月8日

早上匆忙爬15层楼梯两次，空闲时间主要还是买自行车零配件。一辆高端大气上档次的公路车雏形已经在我脑海中成熟了。105套件、全套碳纤维的轮组、车架、车座、车把……总重量控制在7公斤内，亮骚的色彩搭配，骑在大街上肯定成为众人瞩目的焦点……莫名地兴奋中，手机响起来，锁踏到货了！激动得电梯都等不及坐，直接跑步下楼11层，收货再跑步上楼。105的锁踏看起来真不错，说实话我还没有用过锁踏，看着这对锁踏还真不知道怎么用，但是心里已经美开了花。根据老手经验，上锁鞋骑行能够省力20%，我要创造自己新的骑行记录！

兴高采烈地告诉疯狂铁人群的我装车配置，群里的骑行高手听到我自己组装全碳自行车的消息，给我发过来几张去年公路车比赛摔车的照片，马上傻眼了，便宜没好货！二流品牌的全碳公路车因为比赛摔车导致车架中间断裂，人

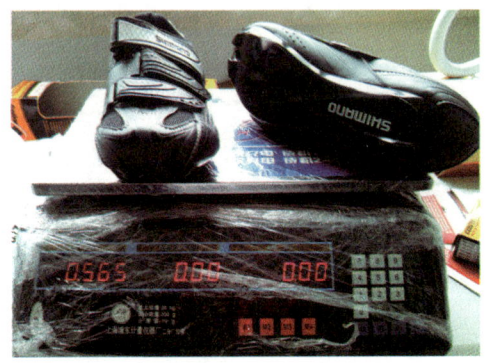

◆ 公路车锁鞋重量

◆ 公路车车架重量

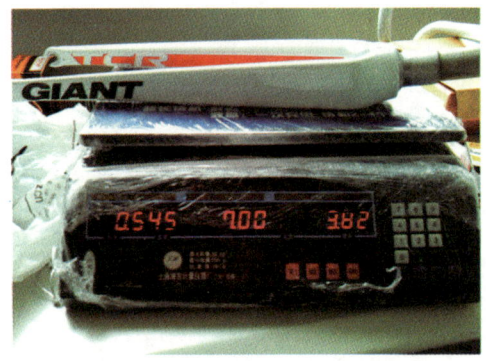

◆ 公路车前叉重量

摔得更是惨不忍睹，更何况质量没有保障的山寨碳纤维？买车就和交朋友一样，不能只看漂亮的外表，更重要的是看内存的质量。安全大于天，骑车本来就是一项高风险的运动项目，不能因为贪图便宜把自己的安全交给没有质量保障的山寨货。果断调整方案，由于买原装碳纤维件太贵，本着安全第一的原则，把原计划的全套碳纤维配件全部大换血，改铝合金配件，确保安全，整车重量由7公斤以内提高到8公斤左右。退件、重新订货折腾到晚上12点才有些眉目。离嘉峪关比赛越来越近，睡觉都担心自行车无法按时装配起来影响比赛。

辛勤的装车工

7月9日

自己组装车，各种出师不利，每天熬到晚上12点多，狂补公路车组装的基础知识，深感三百六十行，行行出状元，当个自行车修理工容易吗？通过自己组装车学到的东西真不少，但是动手能力还真不行，一些技术性高的配件安装很难一下学会。随着网淘配件的到来，我的公路车计划已经不再是纸上谈兵。看着一大堆东西，一个个螺母我并不心急，先按部件位置对应，然后一个部位一个配件可以安装。车架、车把、座杆、轮组都自己动手安装了起来，一辆公路车的雏形已经成形！

提高个人素质，做一个开心的人

7月10日

折腾两天，装公路车荒废了宝贵的锻炼时间，早上起来赶紧跑了40分钟4.5公里，大汗淋漓上了班。部门两个老总马上找我谈话，问我想不想进步，有没有入党的想法。我脑海里马上浮现出了雷锋、焦裕禄、孔繁森……一大批为人民服务的榜样，从小就在学习他们远大的志向、崇高的精神。看看自己曾经一心努力拼搏，想成为大家认可的人才，但岁月的流沙却悄然将我冲偏了目标，离心目中的英雄人物越行越远，更不敢奢望去实现共产主义的伟大理想。一个喜欢吃喝玩乐的小人物，干着别人不屑一顾的普通工作，感觉自己离党的要求还很远……从小就想成为一名优秀的党员，几次入党机会我都让给了其他同志。我还需要不断加强自己个人素质，入党是一件严肃神圣的事情，不能这样自由散漫随意加入！

晚上和天天同学、李老总坐了坐，人人都在进步。听了听他们在省内最好的三个三甲医院的亲身遭遇……唉！现在的医疗市场太混乱了，医师职业道德令人担忧。真是有啥别有病，人不能活得太仔细，我们还是多运动，活得粗糙点、糊涂点挺好。

杂乱无章的世界

7月11日

半年没怎么开车，车该年审了，上午跑交警支队打罚款单，已经跑第三次了。由于城市道路改造，去交警支队不是改地方就是网不通，这次是路全断，连续几天下雨，1公里左右的路好似跋山涉水……路没修好，路边的房子又要开拆，路上不是粘贴的拆迁办的《告善良公民书》，就是居民楼上横幅写着"誓死保卫家园"，气氛好紧张。好不容易排上队打出五个罚款单，一辆新公路车的前轮就这样没有了！自从爱上了铁人三项，汽车成了累赘，总不使用导致一些零部件都有问题了，还是自行车省心。

人生就是这样杂乱无章，不可能什么事情都一帆风顺，也不可能永远活在浪漫诗意中，生活有时就是一团乱麻，我们只能耐心去归整、去忍受、去解决，没有退路只能前进！

新战车闪亮登场

7月12日

早晨公园跑步4公里，用时40分，很凉爽，几天连续下雨，湖面上涨了很多，有些地方都溢出了岸边。吃早饭看新闻汶川一带又发洪水，为何要把灾后重建依然选择到没有发展空间的乌江两岸？地震三周年时曾经去过，那里到处都是高耸入云的青山，中间是奔腾不息的乌江，只要有地质灾害，真的无路可逃……看着似日本海啸般的洪水冲垮城市建筑，我只能默默祈祷……

下午用借来的买菜秤给回来的公路车配件称重量，一条内外胎270克、前轮805克、后轮1000克、快拆每个60克、锁踏两个395克……晚上找朋友装上最复杂的105套件，一辆自己为自己定制的公路车诞生了！白红搭配的色调、38框高小铝刀、白色蜘蛛侠镂空车座、红色小弯把加装黑色TT休息把，透露出一股青春活力的霸气。全车8.5公斤搞定，几天的心血没白费，没想到我这样一个刚开始骑车的菜鸟能够自己动手组装出来这样一辆高端大气上档次的公路车，心中充满了自豪，期待明天试车！

◆ 新战车成型

霸气侧漏个没完

7月13日

想着骑新战车，晚上睡不着，早上6点就出门准备搞个百公里试车。刚出门就发现前胎没气了，郁闷。捷安特9点才上班，只好慢慢消磨时间，把车包、车灯、车锁装上，仔细擦了一遍本来就很干净的车子。熬到9点半，半推半抬着车去车店，原来是内胎漏气不能用了，只好换新的，100元的马牌超轻内胎报废。换上新胎去体育中心试骑，第一次穿锁鞋本以为速度会大幅度提高，结果发现根本不是想象中那么简单。锁鞋是要把人脚和车踏锁在一起，形成人车合一的整体性。以前我的骑车动作很不规范，穿上锁鞋无形中要校正双腿骑行分开等错误动作，所以骑得非常累。44.8公里用时111分，均速25公里。主要是试锁鞋，市区过路口上锁鞋很危险，一停车忘记提前解锁就可能摔车，很多人刚开始穿锁鞋都摔得鼻青脸肿，还好我小心谨慎没有摔车。就这样骑下来也是腰疼脚痛……

中午骑回家休息到4点继续骑行到中北大学路段来回绕圈45公里，用时1小时41分，均速近27公里，依然不是特别理想。骑得满身是汗，下河去游泳。车子往河边一放，游客们都好奇地围观我的新车：真漂亮，这车怎么还长犄角？这车轮这么细能骑吗？这车座这么硬还镂空？一系列问题问得我都麻木了。美滋滋地下河游泳，每圈游到岸边都不忘瞄一眼我的爱车还在不在。在夕阳的映衬下，我的战车

◆ 自己组装的新战车去省体育中心试骑

发射出金色的光辉,我知道它一直静静地站在岸边向我行瞩目礼,我要让它为有这样的主人自豪!不知不觉游了3.3公里,用时1小时12分,相当满意的一个成绩。游泳出来推车跑步5公里,用时33分,跑步都有劲了。今天游泳和跑步状态简直神勇,有了新战车,我这是要人品大爆发呀!刚发飙骑车10分钟,4公里回家,结果突然发现后胎又没气了,怎么搞的?早上前胎漏气刚换了前内胎,晚上后胎又漏气,真是霸气侧漏刹不住了?大黑夜直接被扔在野外了,刚才满腔的霸气直接变成了泄气的皮球。还好联系到了汾河老记,他过来帮我补胎,结果还是补不上,只好扛着车慢跑2公里,还好他骑车帮我拦到一辆出租车过来,我狼狈不堪地把战车放后坐上回家。

车品大爆发

7月14日

　　苍凉的荒野看不到美丽的花朵,火红的夕阳赐给我长长的背景,颠簸的山路消失在黑暗的尽头,骑着单车和地球最后的光芒赛跑,春夏秋冬装进沉重的背包里,满天的繁星不是我的归宿,让我的汗水滑过地平线永远地挂在天边……

　　又是一晚孤独的骑行梦,天亮的时候灵魂不要再出窍,呼吸一口清爽的空气,振作精神继续去寻找让我坚强的理由。自行车坏了可以修理,身体疲倦了可以睡觉,意志绝对不能跌倒!战车有问题现在解决总比坏在比赛场上强。

　　下午继续骑行中北大学试车,锁鞋的骑行方式渐渐适应,放纵心情去追寻更快的速度。骑在夕阳下好似回到昨夜的梦境,心跳就是我的踏频器,思绪随着骑行的节奏跳跃成立志的歌曲,尽情地高歌猛进、尽情地享受人车合一的快乐、尽情地让时间在此刻凝结成我心中的小甜点。骑到40公里后时速达到了33公里,新战车新纪录就是最好的兴奋剂!我要加速前进!砰!啊……

黑暗中的人永远不要忘乎所以，眼神根本就差，还瞎兴奋加速，车子骑到了路边一块不光滑的石头上，再颠下来时前胎明显没气了。骑行50.8公里快乐了2小时14分就再次跌入了痛苦的低谷。前胎又爆了！骑友常说爆胎是人品问题，我这连续3天不停地爆胎，人品有没有差到了极点？悲哀、无奈的战车呀，你又一次把主人扔到了荒郊野外，你就不脸红吗？看看时间才8点多，离市区能打到车的地方至少还有6公里。半抬起车慢跑，正好遇到一个跑步的好心人，给我指了一条能打到车的近路，跑步2.4公里34分钟终于打到了车。连续三次的爆胎教训太深刻了，回去买补胎工具，以后出来练车必须随身带上，不能再出现这种车胎爆了就寸步难行的状态。两天吃亏的教训并不都是坏事，反而为我今后的骑行积累了宝贵的经验。

大不了从头再来

7月15日

周末两天的骑行遭遇不能影响周一上班的心情，早晨跑步6公里用时43分，跑得虽然慢但可喜的是跑完脚不痛了。中午冒着大雨去把两个内胎换掉，后轮外胎破了前后调换一下，一条外胎400元真舍不得扔。忙了一中午，下午集中精力终于把明天的课准备好了，爱运动瞎讲也会误人子弟。

下班6点多，雨停了，心情已经和战车一起飘到了雨后湿润的滨河路上，耶！换上锁鞋，穿上亮骚的骑行服，穿梭车水马龙的道路上，得意地踏出摇滚的节奏，追逐着车轮劈出的水花。蹬、蹬、蹬、蹬……我不会相信车胎会再爆，我更不相

♦ 跑步看雨景

第六章
我的战车 我的梦

◆ 新战车车架上绑着游泳的装备和跑步的鞋

◆ 骑车快下雨了

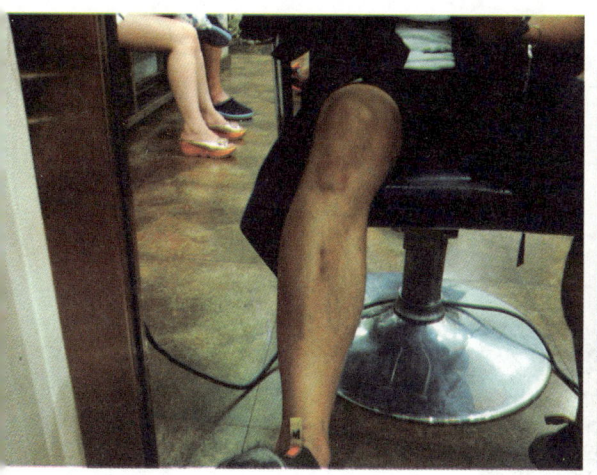
◆ 连续三天晚上骑车出问题,腿受伤去理发,准备从头再来

◆ 理发后人精神,希望带来好运不再爆胎摔车

◆ 骑新战车去夜骑

信厄运总是掉到我头上,我要冲出那片雨后的彩虹,冲出所有人羡慕的视线,冲出属于自己的精彩!"嗨,伙计!"一个出租司机探出头来和我说,"你都成泥人了!"低头一看可不是,没有挡泥板的公路车卷了我一身泥水,我晕,原来刚才路人抛来的不是羡慕的眼神,而是在可怜我那身漂亮的骑行服!

夜幕很快降临了,天黑爆胎已经成了我的心病,抓紧时间往回赶,平安到达市区繁华路段,不禁沾沾自喜,看来爆胎魔咒要破解了!放松骑吧,让这个泥人成为夜市最亮的风景线,吧唧!拐弯人多车多,来不及急降速解开锁鞋,摔个狗吃屎!刚玩两天锁鞋还以为自己掌握快,没摔跤,结果十字路口摔倒,丢死人了!幸亏后面没有车……爬起来,车链条也掉了,安上赶紧狼狈地跑,真是没地缝可钻。刚骑200米,又遇人多,一大个路中间晃,我忙刹车又没解开锁鞋,吧唧,从左侧摔倒,膝盖蹭破!有没有脸了?还让不让我在太原市混

◆ 夜骑公路

◆ 游泳后的跑步路线

了?从上锁鞋骑车到现在就摔过一次,今天直接加两次,我这是怎么了?难道人品真的出问题了?一晚上骑行43公里用时1小时40分。

放下车去理发,实在受不了自己了,改头换面,大不了从头再来,我不信搞不定新战车!明天继续勇往直前!

寂寞的人听着开心的歌

7月16日

几天的遭遇像温柔的小刀随时刺痛我骄傲的胸怀,寂寞的人听着开心的歌,才发现自己如此的脆弱,为何我为你付出了那么多,你从来没有被我感动过?可能是新生的战车被我折腾累了,今天计划让它休息休息。早上跑步5公里,用时40分,公园健身中心做引体向上4组20个,双杠4组60个,俯卧撑4组80个。周末就要带着新

◆ 晨练的人们

战车去征战嘉峪关铁人三项了,这几天你怎么折腾,我都会原谅你,只要你赛场上给我争气就好了!

彻底驯服新战车

7月17日

晚上和蚊子斗争一晚上,没休息好。白天在西山的培训中心讲了一天课,头昏脑涨。中午睡了1个小时感觉能量已经恢复了。既然来到西山就不能放过

◆ 顶着烈日爬山骑车到白家庄

万亩生态园,顶着大太阳从山脚骑到白家庄两次,累计海拔300多米,好几处大长坡我不能一口气骑上去,一次中途下车,两次累得骑不动。回程下坡时也不敢全速滑行。这次配置的新战车为了加强爬坡能力,专门配了11-28齿的飞轮,后飞28齿就是专门对付大坡的,刚才爬坡两次,中途下车根本没有发挥出来新战车的爬坡能力。不服气再上一次,这次咬牙硬顶下来,不容易呀,原来的旧车子我还没有一口气爬上来过。新车配置还不错,第二次一气呵成,终于安慰了一下这几天受伤的心灵。不过再好的装备自己能力不行也是白搭,有机会要多练爬山骑车!骑行盘山公路22.4公里,用时1小时35分。还不过瘾?转战滨河路骑行17公里36分,均速达到每小时28公里,有进步。下河游泳2公里,用时54分,几天不游泳,退步好厉害!推车跑起来,天黑黑,灯初上,人精神,车抖擞,来点音乐,喘息声与Music混合成最狂野的摇滚,寻找腰部发力的欢快节奏,8.3公里跑了1小时4分。回来已经9点半了,去火车站取上嘉峪关的硬座火车票,经过三伏的历炼,我的铁三比赛目标已不仅仅是最初的完赛,我想追求更好的成绩,去实现我的更高、更强、更快的铁人梦想!

>>>> 第七章
嘉峪关铁人三项西游记

> 三个不知天高地厚的精壮汉子，在西行戈壁滩上演绎一出现代版的大话西游，从来没有过的经历才是最值得向往的经历。当落日把他们的身影映刻在茫茫大地上的时候，西行一路洒落的汗水编织成一首苍凉歌，永远回响在心田……

痛苦的硬座旅程

7月19日

经过两天的加班工作，终于在下午3点半踏上了西征的火车。从来没有坐过10小时以上的硬座火车，这次无疑将是最痛苦的一次旅程。火车过道人挤人，座位等级划分相当严格，没有卧铺票想去卧铺车厢上个厕所都不让。16个小时的旅程真难熬，真佩服俱乐部的老铁人们，为了节约开支，他们坐火车从来不买卧铺，经常十几个小时一站到底……还好路上遇到很多志同道合的老铁哥，大家聊聊天，喝点小酒，交流着自己的打铁经历，打发无聊的时光。

◆ 去嘉峪关16个小时拥挤的火车上，没有坐只能站

车到中卫时接上老记，他带着两个孩子去比赛，也没有买上座，让给他们坐吧，我也学习老同志们一站到底的精神。想起电影《天下无贼》，这趟西行的火车的拥挤程度远高于电影，但在我迷糊的眼神下并没有发现小偷，大家还都相互礼让，没有出现不和谐的声音。中国在强大，人民素质在提高，我更为铁人

◆ 去嘉峪关的火车上，俱乐部小罗和铁娃老师

第七章
嘉峪关铁人三项西游记

们吃苦耐劳的精神而骄傲,我们这群连卧铺都舍不得买的中老年人扛起了中国铁人三项事业的脊梁。加油吧老伙计们!没有什么能够阻挡你对铁人的向往。

神圣的嘉峪关

7月20日

坐一晚上火车没睡觉,到了嘉峪关依然很兴奋,第一次来到这个塞外明珠。原本以为是一个小城市,没有想到嘉峪关建设得非常大气,火车站出来一条笔直的马路一直通向雄关广场,非常干净整洁的一座城市,完全没有塞外黄土飞扬的印象,感觉像到了江南小镇。不过当你昂首四望时,会被立刻震撼——七月盛夏在这里能够看到远处银装素裹祁连雪山,蓝天下的白云和雪山交织在一起,发散着神圣的光芒!

◆ 嘉峪关广播电视台

嘉峪关国际铁人三项赛今年已经是第九届了,嘉峪关对中国铁人三项事业的推动作用功不可没,下午站在由祁连山雪水融化聚集的东湖边,呼吸着看似近在咫尺雪山上飘来的阵阵清风,心中充满了无限敬意。在这碧水蓝天下游泳,仿佛是在接受祁连山的神圣洗礼,我坚信经历过嘉峪关国际铁人三项比赛的洗礼,我一定能够成长为一个真正的铁人!

这湖水太棒了,清澈见底,偶尔还能看到小鱼和我们一起欢快地畅游,感受人与自然和谐的相处。游了一圈750米忘记了一路火车的疲惫,真想不停地游下去!

试完水去开赛前技术会,晚上和铁三界的大神昂哥、查哥吃完饭就不早了,准备完比赛的东西已经10点多点了,抓紧睡觉。结果楼下是个音乐酒吧,没完没了的唱歌喝酒,凌晨4点才安静,没睡了一会儿,早上6点起床,好困好困……

祁连山下我心飞扬

7月21日

一晚上没有休息好,今天艳阳高照,9点才开始比赛,真是一种精神和肉体上的考验。旁边坐着一位老大爷,看我焦虑的心绪,便和我随便聊起来,不聊不知道,一聊吓一跳,老大爷85岁了,天天早晨来公园里跑步5公里。嘉峪关真是一个神奇的地方,一方水土养一方人。看着他淡然的、慈祥的笑容,我焦虑的情绪很快平息了。一场比赛算得了什么?运动追求快乐健康的人生,能够站在这个赛场上,我们都是幸运的,珍惜老天对我们的眷顾,享受每一次精彩的比赛才是对自己最大的奖励!

比赛终于开始了,所有全程组别一起出发,刚刚还水平如镜、湛蓝的东湖在一声汽笛下,马上变成了欢腾的海洋,几百只胳膊同时搏击出快乐的浪花,原来倒映在湖面的祁连雪山早已悄悄融入每个热血铁人的身体。我游得很兴奋,兴奋到一度找不到目标,太享受这水温了。由于水太清澈,身边每个选手的动作都看得清清楚楚,谁都不好意思像其他混水中比赛那样又抓又蹬的变野蛮超人。第二圈时我才从享受中醒悟过来,这是在比赛,不是来戏水,抓紧冲哇!第二圈

◆ 嘉峪关铁人三项换项区

> 第七章
> 嘉峪关铁人三项西游记

◆ 左边是我的死对头银川铁人反响，连续两站比赛最后1公里秒杀我

越游泳越自信，超了很多人，游泳连加换项用时36分钟。

  经过游泳的刺激，两晚没有休息好的困意已经渐渐淡忘。自行车赛段要骑6圈，将近一半赛道是在公园内进行，公园的水泥赛道很窄、还不平，拐弯也很多，骑行颠得非常厉害，根本不敢全速进行。6圈真是不好记，太考验我这没睡好人的智商了。不过新战车还是很给力的，一切发挥正常，没有在关键时刻给我丢人，终于摆脱了前两次铁三比赛是个人骑车就可以超我的局面。锁鞋真的很给力，提拉动作确实能够省不少力气，看来折腾近半个月的新车没有白费，心中马上充满了自豪感。40公里骑行用时1小时14分半。

  放下自行车马上开始跑步，嘉峪关海拔1666米，比太原高出一倍，跑步相当不适应，两腿总是迈不开，5公里一圈主要是绕公园外的马路，一路上热情的嘉峪关人民不停地给我加油，他们友善的眼神看着我痛苦的跑姿，没有嘲笑、没有让我放弃，不愧是连续举办9届国际铁人三项赛的城市。路上遇到昂哥、查

◆ 右边是65岁老铁人张铁娃，60岁组的高手

哥，他们也不断鼓励我，让我深受鼓舞！第二圈还有不到1公里就要结束了，突然一个熟悉的背影超过了我，还给我喊加油，定睛一看原来是反响，石嘴山时他最后1公里就超了我，这次又要故伎重演？我咬牙拼命追，吃奶的力气都用上了，还是只能无奈地看着他离我渐行渐远……唉！工夫不如人，跑步还得加强呀。10公里跑步用时57分16秒。

2小时47分54秒完赛，年龄组排名第九，一个正好没有奖金的悲催名次。比赛结束再去东湖里放松游泳，真舒服，真想一直漂在这水面上，喝着祁连山雪水，呼吸着塞外空气，什么名与利都让它们随风而去吧……我要化成一条蛟龙永远守护住这颗塞外明珠。

比赛结束组委会还举办了丰盛的颁奖宴会，让我们这些平时就知道吃苦的铁人们欢聚一堂。酒不在多，真情多；话不在多，诚心多。感谢嘉峪关的志愿者，感谢赛事举办者，感谢我的铁三兄弟姐妹们，和你们一起比赛的日子是我

第七章
嘉峪关铁人三项西游记

◆ 嘉峪关铁人三项赛外颁奖晚会上俱乐部成员合影

最开心的日子,不管成功还是失败,我都爱你们!加油、加油、加油,继续你们的精彩人生!

明天要开始我的敦煌之旅,期待、兴奋、随性、放松!不管旅途有多遥远艰难,我相信等待我的是缘分,是幸福,是快乐?还是我从来都没有经历过的磨难?

144公里草原狼大战高速风车

7月22日

赛前嘉峪关第一女铁人明月教主在群里组织铁友在嘉峪关铁人三项比赛后骑行敦煌。我曾经也是一个狂热的自驾游驴友,每个假期都要自驾车去行走大江南北。自从爱上铁三,才知道更炫、更绿色环保的旅游方式,许多骑友骑行几千公里去西藏、去环青海湖。一直也想有一次这样纯粹靠自己体能来完成的旅行。看到这个消息早就想跃跃欲试，结果明月教主莫名消失了。还好联系到了另外两位高人，激动得一晚上没睡好，早早起来集合准备勇闯敦煌！

刚出发就路遇护国寺，三个大老爷们像葛大爷一样逢庙就拜，不是我们罪孽深重，而是想在出发前净化一下自己的心灵，让我们怀抱一颗善良、纯真的心去追寻童年的理想。没骑行多久就来到了嘉峪关，嘉峪关当然是这座屹立上百年的塞外第一关。上百元的门票还是省了吧，我们骑行绕到背后能够照到嘉峪关全景的地方和它合影告别。随后的天下第一墩也是门口合影继续前行。

◆ 护国寺前正式开始西游记

这次骑行敦煌，我们追求的不是像自驾游一样走马观花的去多少知名景点，我们就是想要怒放生命，就想飞驰在辽阔的天空下，就想穿行在无边的旷野，去享受我们征服苦难的力量！

离开嘉峪关出来，一路向西，戈壁滩大漠孤烟直，阳光炫耀的向日葵在烈日下盛开，为三个晒得冒烟的铁人加油，根本没有想到这一路上什么都

◆ 嘉峪关护国寺

◆ 和冷箭在嘉峪关城楼外合影

没有,除了荒滩就是田地,看不到人烟更没有商店。骑行了65公里快要被烤干时,遇到一位骑着加重自行车的老大爷,飞驰中告诉我们前面有机井,过了这里往前走就是无人区,没有任何补给。甘肃人真是活雷锋,坚持到这里直接把浇灌田地的水灌到水壶里喝。路况越来越差,很多碎石头路,真心疼我的新战车!又骑行了30多公里终于看到一个清真寺,喝了瓶可乐,还吃到寺里树上现摘的青苹果,那酸酸的感觉让我永远怀念那座偏远的清真寺,它就像青苹果一样静静地守候在那里,给每个戈壁的苦行者看到绿色的希望!

　　这次骑行我背着30多斤的包,公路车的骑行姿势又是高座低把,整个包的

重量都压在腰上,每次骑行20公里左右腰就快累断了,还好冷箭兄弟带的东西少,时常和我换着背会儿,骑行了4个半小时65公里终于看到一个小镇——清泉镇。三个爷们买了个大西瓜吃,吃了点饭休息休息躲避一下毒辣的阳光。

铁人行必有我师,一起同行的两位铁人都不是等闲之辈。老大钻山甲是太原骑车第一人,十几年的骑车功底,上月草原铁木真国际越野赛三日总决赛的第五名,他那肌肉线条爆凸的双腿,简直就是一头草原狼。别看老二冷箭瘦小个不高,确是河南武林高手,练了二十多年的散手,内力绵绵不绝。一场暗战已经开始……大家都想试探一下到底谁能从起点笑到终后。休息会使体能马上得到巨大的提升,听着我激情的歌曲,吼着乱七八糟的旋律,我太兴奋了!小宇宙疯狂爆发,沙土路一度骑出42公里的均速,骑出了我从来没有过的速度!途中遇到一条小河,燥热的三个臭男人扑进河里,才发现河水连脚脖子淹不了。三个古铜色的野人躺在水里,引来一群白色的鸟儿来偷窥,它们叽叽喳喳地评比个没完没了……

起水发现车胎又爆了,幸亏草原狼是补胎老手,三两下就搞定了。我在一旁认真学习,这些基本技能必须学会,不然肯定要吃大亏。后面的路越骑越差,如果是山地车还能坚持,但是公路车的小细轮子骑在这种石子野路上,就一路不停地补胎吧。不得已我们翻上了高速路,一路戈壁滩上的大风车给我们

◆ 暴晒的冷箭和向阳花

吹风加油，侧风太大，必须高度集中注意力关注前方，确保安全。一辆辆大货车从我们身边呼啸而过，卷起的灰尘让我们感觉不是在旅行，而是在经历穿越战场，不时还有汽车发出"嘀嘀"的羡慕声。想想也是，这不用加油、也不用交过路费，太省钱了！中途很长一段高速在修，汽车和人们不得不并成一道缓慢通行，偌大的右车道顿时变成为我们封闭的赛道，环法自行车比赛的待遇也不过如此，冲吧兄弟们！人生能有几回搏，好男儿就是要志在折磨自己、锤炼自己，才能让灵魂和汗水像这天上的风云一样自由自在……

骑行到玉门已经8点多，144公里连玩带骑用了12个小时。玉门镇看起来并不是乡间村镇，起码是个县级城市，骑行在玉门镇的铁人路上，羞涩的夕阳余晖散落在我们身上，夕照点燃了玉门镇的万家灯火……

第七章
嘉峪关铁人三项西游记

西出阳关有贵人

7月23日

拖着疲惫的身体早上8点从玉门镇出发进军瓜州，计划中午到地图上标的双塔水库吃饭。骑行了30公里后才找到一个能上高速的缺口，换上锁鞋速度马上飙到每小时36公里，一度达到40公里以上。速度最快的还是草原狼，大部分时间他把我和冷箭甩得远远的，我们两只菜鸟只能拼命追。高速上大车比较多，超车时的侧风都能够让我抖动。路过一处雅丹地貌的观景台，其实就是戈壁滩上的一群貌似五花肉的大土堆，不过我们的到来让高速停车区小沸腾一把，汽车里的人们眼里流露出佩服的眼神很受用。再次出发检查轮胎，发现后轮又没气了，难道真是人品问题？刚换完，发现冷箭的胎也破了，哈，看来人品差的不仅仅是我。都是被高速路边的小铁丝扎的，幸亏还有备用内胎才没有多耽误时间！

◆ 瓜州城边的书法石林

快到中午时，赶到了双塔水库，下高速去水边玩玩。戈壁滩上的一汪清泉，周围镶嵌着成片的黄色野菊花，像一面花边镜子照亮了我们疲惫的心室。突然"嗖"地窜出一只变色龙，挺着小脑袋，想捍卫自己的地盘？还是摆好Pose在等待铁人的号令？不管谁的地盘也无法阻截我们的困意，直接躺在草地上感受已近午时还羞答答地躲在云层里的斑驳阳光。咕噜咕噜……啥动静？

◆ 戈壁滩上的河流总是那么浅

◆ 与奇特的书法巨石合影

原来是肚子在抗议，告别美景去双塔找饭。大概2公里就到了，到了马上就傻眼了！

原来双塔只是一个水库，根本没有人居住。已经骑行了85公里，三个大傻瓜已经弹净粮绝……饿着肚子继续骑行吧，没有想到从玉门镇到瓜州137公里全是无人居住区！

再上高速，全部顶风骑行，忍受着饥渴和烈日我只能以16公里的速度硬挺。多亏冷箭帮我背了一会儿包才坚持到瓜州……路口看到卖瓜的，买两个大瓜，三人一口气全部"报销"掉了，虽然比市区的贵一些，但对于又饿又渴的我们来说已经相当感恩了。

原以为瓜州就是一个种瓜的大镇子，没想到一进市区，右手是一座非常漂亮的奇石林，左手是一个建设在一片水域中的亭台楼阁。宽敞的道路映衬在绿树红花之中，集市上散发体香的和头戴纱巾的漂亮回族姑娘们的欢歌笑语让三个骑行的大傻瓜口水直流。秀色可餐也无法抵挡肚子的抗议，找到一处大盘鸡，甩开腮帮子、喝上冰啤酒那才是真的爽！

美丽的瓜州，三个傻瓜骑行10个小时137公里的来了！你行吗？

第七章
嘉峪关铁人三项西游记

自古英雄出少年

7月24日

早晨出发,刚走一会儿气温就急速上升,背着30多斤的行李,骑不到30公里就累得想吃瓜休息。突然看见一个小伙骑着一辆破山地车,驮行着一堆行李和三个哈密瓜,心中大喜,连忙叫卖瓜的停下。一张口竟然是河南话,原来这小伙子是从河南南阳出发的,已经骑行了22天,准备去敦煌,然后去新疆,一路风餐露宿在荒郊野外,他竟然是翻祁连山过来的。昨天我们在高速上狂奔时,他在省道看到我们骑行上高速,也跟了上来,今天遇到还真是缘分。自古英雄出少年,真佩服他的毅力!想想我上学的时候根本没有他这样的吃苦精神和独闯天涯的胆量,惭愧。他每天都在日记本上写骑行日志,我建议他发网

◆ 冷箭遇到美景总会暴露傲气逼人的一面

上，他的网名叫"不睡午觉的懒猫"，希望有机会看到他这次历经千难万险的日记。

道别后继续前行，快到戈壁时终于遇到了正经卖瓜的，老板娘很热情地推荐草原狼买三九锁阳，据说是男人大补。我逗老板娘说：你猜我们老大多大年纪？她说30多吧，我说50了。她不信。我说要是他50岁你送他个锁阳如何？打赌成功，亮身份证老板娘必然输了，她惊讶地叫道：才比她小两岁能骑行这么远！马上送我们瓜吃，还送了草原狼80元一两的锁阳一根，美得草原狼都找不到北了。

从瓜州到敦煌127公里路比前两天好多了，也不用上高速，车也非常少，路平不颠屁股，但两天的百公里背包骑行，体能已经相当透支，30多斤重的背包压在背上真不是一般人吃得消的。草原狼经过中午老板娘锁阳的刺激，一路飞驰，甩得我俩和他刚才一样找不到北了，幸亏是一路跑到西。中途休息几次，7个半小时到达敦煌，一人一大碗兰州拉面，抓紧时间去月牙泉看看，连

◆ 和卖瓜老板娘打赌赢了，草原狼嘴里叼的是战利品男人大补锁阳。老板娘比他大2岁

◆ 冷箭遇到河南20岁小老乡，一个人从河南安阳到青海湖，又翻祁连山去敦煌路上

第七章
嘉峪关铁人三项西游记

续三天骑行腿都木了。一问酒店离月牙泉才5公里,这两天总被哥俩甩在后面,总得找回点面子吧。我建议跑步过去,两老哥傻眼了,镇定一下说,都是铁人谁怕谁,跑吧!冷箭果然了得,背着包第一个跑到,我第二,草原狼最后到达。

刚到鸣沙山就下起了这里几月难遇的雷阵雨,不到半小时雨过天晴,彩虹和沙丘手拉手为我们接风洗尘。草原狼有证可以免费入园,我和冷箭还是节约一下120元的门票吧:鸣沙山是一座山,景区不可能把整座山都包进去,发挥铁人的特长,绕山走了两公里,终于爬了进去。走在凹凸有致美臀般优美的曲线上,100多公里骑行的疲惫已被沙丘美景诱惑到九霄云外。雨后的狂风无力扬起湿润的黄沙,仍可感受到飞沙快速地从膝盖下流走,温柔抚摸着我们劳顿的双腿。晚上八九点钟在内陆早已天黑,而这里长长的驼队伴随着悠扬的银铃声摇曳在晚霞的火烧云下。

我和冷箭两个老男孩跑过了一座又一座无人问津的沙丘,留下一串串浅浅的脚印,一会儿就被我高歌的"我是风儿,你是沙""黄沙黄沙满天飞"洗刷得无影无踪……

爬上最高的一座沙丘和草原狼汇合

◆ 冷箭和冷酷的土堆一样坚强

◆ 免费游鸣沙山很快乐

◆ 我们进来的沙丘根本无人光顾,沙丘非常光滑细腻

◆ 沙漠小绿洲月牙泉，永远笑着塞外风沙

了，山脚下就是月牙泉。它躺在一小片绿洲中静静地关注着男女老少在沙丘上欢笑，它那弯弯的影子像一张笑脸一样迷人。我们三个好像回到了童年，兴奋地从山顶上蹦了下去（落差至少有五六米），然后重重地跌落在酥松的沙子里，两三百米的沙山我们跳了十几次就到底了。参观完月牙泉夜幕终于降临，我说继续跑回去，铁人们傻了——疯了！鸣沙山上刚爬了5公里，还要跑？没办法，谁让他们和疯子一起出来呢？晚上15公里越野跑真开心，用时3小时7分。

谁的眼泪在飞

7月25日

敦煌莫高窟是中国四大名窟之一，也是保护最完整的石窟。早晨8点多我们就到了，还没有正式开门。为了检验一下莫高窟的安保措施是否合格，我直接翻墙进去了，里面的石窟都上了锁，一个也进不去，一会儿保安就把我请出去了。保安很认真负责，我又瞎操心了。买160元门票二进莫高窟后，保安们一

第七章
嘉峪关铁人三项西游记

◆ 告别敦煌在路上

路紧张地看着我。自己一个人去没法看莫高窟，所有游客进来前都发个耳麦，由导游带领开窟门，边讲解边拿手电筒照给游客看，几百个窟导游只讲9个窟，很不过瘾。每个窟都有不同的时代背景和壁画故事，有佛祖的、有民俗的、有歌舞的、有历史故事的，精美绝伦的壁画让我们沉浸在历史的长河中，能够看到上千年前的文化遗产是我们的福分。当时那些工匠怎么也想象不到自己作品能够在上千年后依然被世人瞩目，只有美好的东西才能拥有跨越时空的能量，才能让创作者的灵魂永远留在人间、流芳百世。

敦煌回来吃点东西向柳园出发，半路遇到两个湖南骑友，从乌鲁木齐骑行过来，准备骑行青海湖，不出门不知道，真是天外有天，人外有人！

这一路都是缓上坡，骑行中看到路边汉代长城遗迹随意地、断断续续地洒落在田野间，停车去爬野长城，太壮观了！虽然已经被蹉跎岁月风化得不成样子，但是站立在长城上面，依然能够感受到天苍苍、野茫茫的塞外悲壮气息。一时风云变幻，在一望无际的戈壁滩上能够清楚地看到远处云雨已经和大地联通，长城内外北风呼啸，微闭双目，我已经感受到战马在奔腾，战鼓在激荡！我单枪匹马奋勇杀敌，精忠报国血染杀场。我的前世和今生在一刻时空交错，

◆ 回眸一笑

◆ 汉长城猛将一夫挡关万夫开

　　我的红粉佳人还在前方的古堡里等待我凯旋归来吗？睁开双眼，古堡已荒芜，长城已腐朽。我的佳人你今在何方？一滴、两滴、三滴……谁的眼泪在飞，是不是流星的眼泪？我哭了？还是心在流泪？

　　"别发愣了，下雨了，快跑！"老大的狼嚎把我拉回到现实，刚才还在天边的云雨不知何时已经飘到我头顶了，我仰天长啸，苍天呀，大地呀，长城呀，佳人呀，后会有期！狂风暴雨催人奋进，"一点小雨怎么能够阻碍我们前行的步伐，好冷！弟兄们还是先到西湖村住一晚吧，小心雨水把铁人搞生锈了！"58.3公里连玩带骑用了5小时14分。

◆ 大雨气势汹汹而来

不崩溃就不圆满

7月26日

　　昨夜没睡好，是西湖镇条件太差，还是我太娇气呢？下雨把车搞得很脏，原来我总以为自行车不怕什么泥水。参加过几次铁人三项比赛看其他选手的战车每次都跟新的一样，才渐渐明白一个好的骑手首先要学会的就是保养车。老大爱车如命，雨后的第一件事就是洗车。我终于有机会学习如何保养自行车了，原来以前从来不洗的牙盘、飞轮、链条才是洗车的重点！早上起来冷箭在外面练拳，我请教了他几种踢法。这家伙真是深藏不露，虽然掰手腕他不行，但他身体整体素质非常不错，我俩交手，我肯定会鼻青脸肿……

　　一人一碗牛肉拉面，一颗鸡蛋，我两颗，吃掉后出发。今天是我们骑行西游的最后一段路程，全长77.4公里，路况不错，就是一路上坡加顶风。老大草原狼的本性已经完全暴露，纯粹是一头野狼，一溜烟就把我俩扔在一眼望不到头的公路上。今天补给没有准备够，就一瓶水，骑到30公里

◆ 烈日下独立盛开的大红花和冷箭一样孤傲

已经弹尽粮绝，体能崩溃，还有一大半旅程真想放弃！

去敦煌时一路顺风下坡，离开敦煌必定是上坡顶风。人生就是这样，高潮过后就是低谷，前进每一步都要付出比常人更多的代价，走下坡路当然要比进步容易得多。突然看见路边有绿色的、圆圆的东东，原来是拉水果的大车洒落在路上的大鸭梨，都摔破了，上面还沾满了蚂蚁。捡了六七个烂梨，再累也得背上去和兄弟们分享。别看梨子品相不好，吃起来真是甘甜可口，咬掉外面的烂皮，里面是雪白的梨肉，水分和糖分都很大——从来没有吃过这么香甜的雪梨。吃了三颗烂梨，体能马上得到了恢复，太幸运了，在我最崩溃的时候这简直就是上天赐给我的救命稻草！

离柳园还有13公里时，草原狼已经到了。反正追不上了，我和冷箭开小差去爬了爬路边的黑色野山。这延绵几公里的黑色山好像煤堆一样，没有一点土，就在这样干燥的山体上竟然还盛开着一朵朵巨大的大红花——在蓝天白云黑煤下张扬地独自绽放着，好潇洒！真想摘一朵带在胸前，像解放军进城一样雄赳赳气昂昂地挺进柳园。但最终我还是放弃了，不能因为自己的一时冲动终结它的生命，它只有盛开在这不毛地才是最美、最幸福的，我只是它生命中的一个过客。我可以抚摸、拍照甚至亲闻它的芳香，但我不能夺走它最宝贵的生命。

◆ 西行历练更加博大的胸怀

77.4公里我用了5小时50分才艰苦地到过终点柳园，一个非常小的城镇。一丝惆怅笼罩在我心头，骑行西游走到这里就走到了终点，500多公里的行程让我和草原狼、冷箭从陌生到形影不离的好兄弟。不过更值得骄傲的是我战胜了自己，作为一个纯粹的菜鸟，我能够在盛夏的烈日下完成自己的首个500公里骑行，没有兄弟的关怀和一路的陪伴，我是难以坚持下来的。

开心点，大口吃西瓜、大盘鸡、大口喝啤酒，我相信这里不是我们友谊的终点，而是我们铁人生涯的又一个起点！兄弟们一路走好，干杯！

骑行西游之终极对决篇

骑行西游之草原狼

五天的骑行已经圆满结束，告别戈壁、告别烈日、告别我的好兄弟，踏上回家的火车，车轮滚滚，思绪万千……

草原狼是一种凶狠的动物，是人类无法驯化的，它是机智、敏捷、狂野、残暴的化身。虽然老大他自称是穿山甲，但刚取得"草原铁木真"比赛第五

◆ 草原狼化身戈壁野人

◆ 草原狼很轻松

◆ 向汉代长城出发

名,又拿下嘉峪关国际铁人三项年龄组第四,绝对是拥有狼一样血性的男儿。这次三个铁人西天取经,他可以赋予孙大圣的美名,脾气猴急猴急,经常不带我们玩,自己单飞。骑行本事超级强大,动不动就把我们甩到十几公里之外,打前站的是他,修车干活的是他,调戏老板娘,搞定最低价的还是他!年过50岁还是老顽童一个。那双大腿让人看着不寒而栗,肌肉和血管组成他无所不能的铁蹄。草原狼外表粗狂内心却很细致,爱护自行车比爱护女人还用心,虽然时而激动、时而欢笑,但弘扬体育精神,追求更高、更快、更强是他永远的目标。他曾一天从太原到运城骑行400多公里,只为兑现美女的一句承诺;也曾经单枪匹马走西藏……他曾经是200多斤的猪八戒,上楼梯都喘气,经过刻苦磨炼,终于把自己打造成140斤的型男。他就是山西骑行界的一朵奇葩,从里到外包裹着一身名牌,骑行装备堪比骑行界的孙大圣。他也有侠骨柔情的另一面:为老婆做一手好菜，对朋友两肋插刀，对孩子百依百顺。他就是一个"简单而自大"的骚男人，简单得让人一眼就知道他的喜怒哀乐，从不掩饰自己的真实想法。"自大"是只当第一绝对不当第二，永远想当齐天大圣。"骚男人"是50岁的男人还永远活在20岁的心态里，活力四射，魅力无穷，黑不溜秋的还是中老年妇女心中的偶像。

老大对我是一点脾气都没有，他开心时，我挖苦他；他生气时，我调戏他；他不带我玩时，我带他玩。反正他在我面前就像带上了紧箍咒，总是愿意竭尽全力帮助小弟渡过难关。真心感谢他教会我很多东西，这一路西天取经，从他这里收获了很多很多……

◆ 终于骑到敦煌火车站门口，冷箭显摆自己的下盘功夫

草原狼，我想对你说：以后别总是一丝不挂的大开着窗户睡觉，因为你不怕，我还怕被美女偷窥呢。哈哈，我真心想说的是，别总那么高端、高傲，不把小弟当兄弟，以后我们还要一起训练，一起比赛，一起追求更完美的自己！

骑行西游之冷箭

冷箭加入骑行西游是我没想不到的，更意想不到的是他在见到我时就已经把我研究得"一丝不挂"，甚至一些我自己都忘记的日常的细节他都能一语中的，而我见到他时却对他一无所知……从这一点就可以看出他不是一个寻常人！是个狠角！他今年5月才买的捷安特Ocr3300但已经参加了三次铁三比赛，成绩还相当好，每次都能拿到奖金，可见他真不是一个平常人。从哪里说起他呢？太复杂了……

冷箭是个其貌不扬，扔在人群里就找不到的小个子。唯一能让人过目不忘的是他那双黝黑发红的双臂，他左臂刺"战"字，右臂刺"剑"字。简单的两个字确包含了他半生的磨难，家境贫寒，父母离异的他从小就立志要练就战士一样的钢铁意志。18岁时他获得梦寐以求的参军机会，当时只要花500元就能圆他的梦，结果他母亲没有……机会被同乡得到了，同乡在参军前一天专门来他家门口对他说"你个瓜娃子，一辈子也当不了个兵！"

他啥也没有说，心里暗下决心：不当兵，老子一样也能造就钢铁战士般的体质。从此他暗自学习武功，拜不起师就偷学、自学、买书上网学。十年磨一剑，20多年的修行，他已经练就了三指禅、散手等功夫，还带出不少徒弟。

生活的境遇并没有随着他武功的增长而改变，他曾经在新疆天山上放过羊，在全国各地游走搞过装修，在河南郑州开过小吃店，在工厂里当过工人。抱着发财的梦想，跟着各式各样的河南老乡走南闯北，不但吃苦，还要防范老乡的黑枪……在生活的压力下他依然充满爱心，曾和志愿者一起寻访抗日战争的国民党老兵，去完成民政部门都无力完成的爱心奉献。现在他终于在河南郑州打拼出自己的房子，但还依然在苦练童子功……

西行路上，他的装备最差，却一直不显山不露水地显示着硬实力，他总是默默地跟在我身后，为我保驾护航；在我体能崩溃时，他替我背包；在我因体能掉队时，他顶着烈日默默等候；在我一时兴起跑步爬山时，他如影随形……

他站在山顶上一动不动，风沙云雨自躲避三尺；他晨起练功，一招一式都暗含杀机；他越野跑步，身背负重能轻松超越。他很强大吗？不，他很善良，善良得像小

◆ 冷箭留下了人生一步一个脚印

绵羊，出门在外不舍得伤害一草一木。老大批评时，他低头不语。他很胆小，跑步时看见前面来条小狗，也会问我：前面有条狗，还跑不跑了？哈哈，我骂道：要是来条狼你还不吓尿裤子不成？在鸣沙山我带他翻越禁区，他看见一条狗一直跟我们，他说小狗是在监视我们吧？我冲小狗大喊"冷箭"，小狗吓得落荒而逃，他才敢继续……

他真的太胆小了吗？人在江湖飘怎能不挨刀，我是从小没有吃过亏，而他是从小吃苦吃亏长大的。真正的强人不是表面张狂、不拘小节的人，而是低调不语、内心强大的人。侠客总是孤独地藏在角落之中，一旦亮剑就必胜。冷箭就是这样的人，比赛前几天就来现场实地训练，他从来不打没有准备的仗，计划好自己的每一个行动计划。直到他遇到我这么个放荡不羁桀骜不驯的人，他就彻底没有想法了，只能默默地跟着我，忍受着我，心比天高也只能沦落为沙僧的角色。

冷箭就如冷箭一样让人难以防备，既然你像冷箭一样不请自来刺入我的生命，那你就必须听兄弟的话，在你闯荡天涯疲惫时，兄弟这里就是你停靠的港湾！

骑行西游之装备篇

这次骑行，大家的骑行装备各有不同，有效的装备是500公里骑行的重要保证。长途骑行一般都习惯用山地车，因为山地车能驮东西，越野能力强，可以对付烂路，骑行舒适度强。缺点是车子重，骑行速度慢，没有公路车回头率高。

老大骑的是闪电公路车，碳纤维车架，美产套件，闪电整车属于竞赛入门级公路车，整车重量不足8公斤，700×23轮胎，价格在一万五左右。老大非常爱车，基本每周保养，车况非常好，500公路骑行没有出现爆胎等任何不良现象，红色车架，属骚人骑车必备佳品。该车为老大量身定做，战斗力指数80。

老二骑的是捷安特Ocr3300，属于入门级公路车，比我原来的风标2700高一等级，整车重量10公斤左右，配全地型轮胎，途中爆胎一次。该车尺寸相对冷箭有点大，经过我给他调低前把、调高车座、调前车座后，战斗力水平大幅提高，战斗力指数60。

我骑的自己配置的竞赛入门级公路车，喜马诺105爬坡套件，捷安特Tcrff超轻全铝车架，R4轮组，蜘蛛座，整体配置是最高的，但爆胎两次。由于我加装了休息把和破风水壶，战斗力指数90。

这次长途骑行对我的新车是一次极大的考验，车子配好不足两周，还没有认真调试，但目前来看性能稳定，性价比很高，非常符合我的体型要求。美中不足的是变速套件还需要认真调试一次，才能发挥出它的最佳性能！我的装备最好，骑行速度我最慢，说明我的骑行水平最差，以后还需要多加强骑行锻炼，特别是爬坡骑行水平。

从背包装备来看，我背包50升，装包容量最大，而且拓展功能最强大，缺点风阻较大。老大背包40升，但实用空间较大，风阻较小。老二背普通骑行包，重量最轻，但肩部支撑不足，功能简单不太适合长途装备。

从途中补给来看，嘉峪关到敦煌骑行需要水平较高的骑手才能完成。基本每个城市之间距离在120公里左右，途中荒无人烟，我们都是早晨吃一顿，晚上吃一顿，中午经常没有吃的。水一定要带充足，不然路上会很痛苦。每天吃饭比较简单，早饭基本是牛肉面加鸡蛋，晚上是大盘鸡或炒菜。一路上餐饮水平不便宜，西瓜相对最便宜，基本一元钱一斤，多吃西瓜既解渴又补充糖分，属最经济实惠的骑行水果。当然和我路上捡到的天山雪梨相比，西瓜就不足一提了。

太原闹中难取静

7月28日

昨天10点多回家,感觉太原太繁华了,那么晚依然是车水马龙,汽车喇叭声、工地施工的各种噪音无处不在。为何嘉峪关80岁的老人还能天天坚持跑步5公里?因为他们喝着祁连山的雪水,看着雪山美景,吹着没有污染的雪山凉风,吃着甘甜的瓜果……健康对人类来说是最难以追求的奢侈品,不是千万豪宅、亿万资产能够换得到,苹果CEO乔布斯也买不起。晚上和亲朋团聚,大家都在追求健康的生活,祝愿每个朋友都能找到适合自己的健康生活方式!

今天和小王一起去骑车,到处修路,只好爬东山三次,骑行26.88公里,用时1小时54分,穿锁鞋在市区又摔了一次,市区骑车穿锁鞋还真危险!下午在烈日下跑步5公里,用时34分。经过敦煌戈壁滩骑行的锻炼,再毒的太阳也不怕了。

拉一晚上肚子,还要拯救地球

7月29日

我去参加一个海边的游泳比赛,认识了一个性感美女,我们一起在大海里嬉戏。游累了在海边挖沙坑,挖出一堆不明生物,长得像小龙虾、小鲨鱼……看它们淹奄奄一息,快干死了,赶紧放进海水里。没有想到它们见水就飞速膨胀,吸食着各类海生物,一会儿就变成了能够漂浮在天空的庞然大物,疯狂吸食着地球物种,太恐怖了!我联系军方发射导弹打死几只,不过剩下的几只能量越来越大,把所有人类都吸离地面,眼看人类将灭亡,地球将易主……

我后悔,我恐惧……突然我发现怪兽只能吸食纯天然物种,无法吸食人类

◆ 第一泉月牙泉　　　　　　　　　　◆ 目标再遥远也得一步一个脚印去实现的

　　合成物质。我马上大声吼叫"拿钱砸它"！悬浮在半空的人们身上都有钱，大家奋力把钱币扔向怪兽，来自五湖四海的现金封闭了怪兽的大嘴和呼吸系统，怪兽逐步萎缩了，最后终于能量中断而死亡！

　　又一次在梦中拯救了地球，梦中很强大，现实却很悲催。昨晚不知道吃什么东西了，回去就拉肚子，晚上睡觉还起来拉了三次，彻底排空了西游骑行一路积累的毒素。

　　早上起来浑身无力，天下着小雨，没有跑步！

　　今天有个陌生人加我，一问是谁？原来是山西财大的乔老师，63岁了，一见我就说"终于找到组织了"。我以为他搞错了，俺可不是啥气功大师，也没加入任何党派……他说他要参加铁人三项比赛。63岁的老大爷真是人老志不老，非要约我去游泳。哎，好赖我也在财大上过学，那就满足一下他吧。约他去斜拉桥游泳，在人大门口见面。一见面，嘿，好精神的小老头。他个不高但腰板直，眼不大但有光，黑皮肤宽脸盘，穿得松松垮垮，骑着一辆长着大牛角的山地车，车上面都是泥巴。我俩一起骑行到斜拉桥，16公里50分钟他不喘大气不冒汗，看来骑车水平还可以，我先下河游38分钟1.5公里然后看他游，仰头蛙泳还过得去。由于上游放水，水有点凉，他小游350米上水，然后骑车41分钟13公里回家。看他能力参加个半程比赛应该问题不大，陪他训练我没法发力，不过看到老同志的不服老精神，我也要加强锻炼，不能让老同志看不起呀，哈哈。

突然多了三个老婆一堆妾

7月30日

我有三个老婆：大老婆柔情似水，波涛汹涌，投入她的怀抱永远都神清气爽，能量无穷；二老婆热力四射，奔放豪迈，和她在一起总能让我享受速度与激情，时刻都高度紧张，充满火辣危机；三老婆看似不温不火，端庄稳重，但绝对闷骚，常常让我大汗淋漓，筋疲力尽……几个小妾也都个个身怀绝技，没一个省油的灯，稍不宠幸就可能难以征服，每天被她们弄得从豪言壮语到不言不语，最后只能昏昏欲睡……

今天早上起来，先是被小三逼着去公园跑步6公里53分，然后又被小四逼着爬楼梯，最变态的小五也不甘示弱，逼着我大中午拳打脚踢把她浑身揍了1200次。下午下班老三又勾引我从柳巷硬硬跑到财大，跑了11.5公里1小时15分，没想到是老大指使她干的，直接把我推进水池里考核了下400米的能力。刚跑得满身大汗……唉，谁让我最喜欢她呢？游400米8分15秒才交枪，老大很不满意，这水平参加老大的3000米比赛不是去丢人吗？俺错了！游了1公里始终满足不了老大的要求，只好出来找老二，老二嫌我状态不好，7公里骑了半个小时，简直是废物一个。

看来今晚还是一个人洗洗早点睡吧。对了，给大家介绍一下我的美女们：老大叫游泳，老二叫骑车，老三叫跑步，老四叫爬楼梯，老五叫打沙袋……老六老七暂时保密。每天和她们在一起我充满了激情和能量，大家一起来吧！

13公里山路不过瘾

7月31日

昨天跑多了,今天起来脚痛,跑了1.3公里就用了16分。下午去西山讲课,讲完就不早了,抓紧骑车去万亩生态园冲了13.6公里59分钟山路,很不过瘾。

7月训练总结

7月骑行总距离1045公里,总用时3837分,平均每公里用时3分40秒。比6月骑行总距离增加374公里,总用时增加1919分,平均每公里用时增加48秒;跑步总距离116公里,总用时981分,平均每公里用时8分27秒。比6月跑步总距离减少70公里,总用时减少406分,平均每公里用时增加1分;游泳总距离14.4公里,总用时350分,平均每公里用时24分20秒。比6月游泳总距离减少9.2公里,总用时减少269分,平均每公里用时减少1分56秒。本月全部锻炼总用时5168分,比上月全部锻炼总用时增长1144分。

7月训练得非常不系统,装自行车和骑行敦煌打乱了日常锻炼节奏。人毕竟不是机器,虽然7月锻炼指标有所下滑,但是通过7月自己动手组装公路自行车和550公里骑行西游,让我经历了更多的磨炼,收获了很多平时难以得到的经验。

铁人三项训练统计

日期	骑行距离（公里）	用时（分）	跑步距离（公里）	用时（分）	游泳距离（公里）	用时（分）	爬楼层数（层）	健腹轮数量（次）	健身训练时间（分）	沙袋
3月4日	10	60	5	38	1.5	34	38		20	
3月5日	9	60	3	38	1.5	40	16	10	20	
3月6日			3	38			16		20	
3月7日	10	60	1	8	2	45	16		20	
3月8日					0.5	20	16	20	10	
3月9日					0.5	20				
3月10日	13	41	6	36	2.5	60				
3月11日	12	50	1	6	1	23	16		20	
3月12日			1	7			16		10	
3月13日					0.7		16			
3月14日							16	20		
3月15日	8	26					16	20		
3月16日	43	149	5.39	31	1.5	34				
3月17日	5.6	13	4	24	1	40				
3月18日			4	30	1	40	16		20	
3月19日	8	45	4	33	1.5	34	32	20	15	
3月20日	6	24	8	57			16	20		
3月21日	11	40	3	20	1.5	34	16	20		
3月22日					0.5	20	16		10	
3月23日	45	123	10	56						
3月24日	36	111	15	84	1.5	35				
3月25日	9.5	39	4	25	1	33				
3月26日	5	11	1.3	9	1	22	16			
3月27日					1	22			20	
3月28日	5	11	2.6	15	1.5	35	16		30	
3月29日	5	10	1.3	9			16			
3月30日	40	113	10	65	1.5	35				
3月31日			9.6	53	1.5	34				
3月总计	281.1	986	102.19	682	26.2	660	326	130	215	

日期	骑行距离（公里）	用时（分）	跑步距离（公里）	用时（分）	游泳距离（公里）	用时（分）	爬楼层数（层）	健腹轮数量（次）	健身训练时间（分）	沙袋
4月1日	10	23			2	50	16			
4月2日	2	5	6	34						
4月3日			10.9	61						
4月4日			2.9	13						
4月5日										
4月6日	47.8	116	2.4	11	1	30				
4月7日			4	26	2	50				
4月8日			5.6	31	2	45				
4月9日			10.3	58	2	48				
4月10日			7	41	1	30				
4月11日					2	50				
4月12日	30	90			0.3	20				
4月13日	60	120			0.75	30				
4月14日	40	84	10	54	1.5	37				
4月15日										
4月16日	7	25			1.3	35				
4月17日	7	25	1	7	1	25	32		20	
4月18日			12	69	3	70				
4月19日			15	95	2	45				
4月20日					1.5	40				
4月21日	35	87			1.5	35				
4月22日	21.7	50	7.6	46	1.5	34				
4月23日	5	21	3	15.5						
4月24日	28	78.5	5	28	1.5	32				
4月25日	9.5	64	2	11	1.5	32				
4月26日			19	124	1.5	32				
4月27日	10.7	29	7	52	1.5	34				
4月28日	5	15	2	15	1.5	32	32			
4月29日			3.4	22	1.5	32				
4月30日			5	37	1.5	32				
4月总计	318.7	832.5	141.1	850.5	36.85	900	80	0	20	
5月1日	23.6	76	14	139	0.3	12				
5月2日	35	100.5	5	40	1	40			20	
5月3日	28	124	6.4	63	0.5	20	16			1000
5月4日	8.5	28	18.5	152	2.6	88				

铁人三项训练统计

日期	骑行距离（公里）	用时（分）	跑步距离（公里）	用时（分）	游泳距离（公里）	用时（分）	爬楼层数（层）	健腹轮数量（次）	健身训练时间（分）	沙袋
5月5日	35.2	101	21.4	193.5	1.6	62				
5月6日	26.3	77	10	83	0.78	30				
5月7日			7.2	75	0.5	30				
5月8日			8.8	67.5	0.5	30				
5月9日	28.9	100.5	7	59.5	0.47	24.5			20	
5月10日	2	10	4	30						
5月11日	73.3	211.5			3.3	89.5				
5月12日			9	70					37	
5月13日	28	79	11.5	83	1	31	32	30	20	
5月14日			8.5	66						
5月15日	23	58	13.5	98	2	52				
5月16日	19.5	54	7	50	1.5	41				
5月17日	26.5	70	10	57	0.9	25				
5月18日										
5月19日			10	102						
5月20日			1.5	11			16		20	
5月21日			6	43	0.5	24	16		10	
5月22日	13.8	46	6.8	43			32		20	600
5月23日	25.7	69.5	14.7	124	1.4	42	16			1200
5月24日			24.1	180	1.4	43				
5月25日	8	32	14.9	142	0.5	23				
5月26日	61	141								
5月27日	25	77	16.7	123	0.9	30	32		20	
5月28日	25.5	77	15.5	107	1.5	43				
5月29日	32.2	101	6	37	1.28	38	32		20	
5月30日	30.4	88.5	13.3	87	2.5	64	27			
5月31日	34.2	100	8.2	55.5	1	28	44			
5月总计	613.6	1821.5	299.5	2381	27.93	910	263	30	187	2800
6月1日	35.3	97.5	7	60	4	90				
6月2日	7	31	25	173	2.6	72				
6月3日	36	110	4.5	31	1.8	53	43			
6月4日	33.3	101	3	18	2	51				
6月5日	47	127	8.6	59	2.2	55				
6月6日			4.7	35.5						
6月7日	32	87	5	33	2.2	58				

日期	骑行距离(公里)	用时(分)	跑步距离(公里)	用时(分)	游泳距离(公里)	用时(分)	爬楼层数(层)	健腹轮数量(次)	健身训练时间(分)	沙袋
6月8日	13	45	4.7	31			16			
6月9日	40	120					16		20	
6月10日										
6月11日			42	312						
6月12日										
6月13日	31.8	90	5	40	0.37	15	32			
6月14日	32.7	103	9.7	73	1	32.5				
6月15日			29.6	274.5	1.3	34				
6月16日	135	423.5	5	31.5	0.4	18				
6月17日										
6月18日	32.1	94.5	9.5	66	2.3	56	44		20	
6月19日	34	93	6.88	50	1	28	32		20	
6月20日										
6月21日										
6月22日										
6月23日	40	82	10	48	1.5		32			
6月24日										
6月25日	29	72	1.3	11	1	25	16	40		
6月26日	64.4	171					32			
6月27日	28.5	70	4.6	40						
6月28日										
6月29日										
6月30日										
6月总计	671.1	1917.5	186.08	1386.5	23.67	619.5	231	40	100	0
7月1日	40	73	9.7	82				40		
7月2日	31.5	84	9.7	82	0.4	12				1200
7月3日	32.88	83	8.3	77	1.25	28.5				
7月4日	15	48	4	31	2.3	52				
7月5日										
7月6日	39	160								
7月7日										
7月8日							30			
7月9日										
7月10日			4.5	40						
7月11日										

附录
铁人三项训练统计

日期	骑行距离（公里）	用时（分）	跑步距离（公里）	用时（分）	游泳距离（公里）	用时（分）	爬楼层数（层）	健腹轮数量（次）	健身训练时间（分）	沙袋
7月12日			4	40						
7月13日	93.8	222	5	33	3.3	72				
7月14日	50.8	134	2.4	34						
7月15日	43	100	6	43						
7月16日			5	40					20	
7月17日	39.4	131	8.3	64	2	54				
7月18日										
7月19日										
7月20日					0.75	20				
7月21日	40	74	10	57	1.5	36				
7月22日	144	720								
7月23日	137	600								
7月24日	127	450	15	180						
7月25日	58.3	314								
7月26日	77.4	350								
7月27日										
7月28日	26.88	114	5	34						
7月29日	29	91			1.5	38				
7月30日	7	30	17.5	128	1.4	38	30			1200
7月31日	13.6	59	1.3	16						
7月总计	1045.56	3837	115.7	981	14.4	350.5	60	40	20	2400

图书在版编目（CIP）数据

疯狂铁人 ing / 常江著 . — 北京：人民日报出版社，
2014.10
ISBN 978-7-5115-2818-6

Ⅰ．①疯… Ⅱ．①常… Ⅲ．①日记－作品集－中国－当代
Ⅳ．① I267.5

中国版本图书馆 CIP 数据核字（2014）第 233375 号

书　　　名：	疯狂铁人 ing
作　　　者：	常　江
出 版 人：	董　伟
责任编辑：	宋　娜　王慧蓉
内文设计：	赵松良
出版发行：	人民日报出版社
社　　　址：	北京金台西路 2 号
邮政编码：	100733
发行热线：	（010）65369527　65369590　65369510　65369846
邮购热线：	（010）65369530　65363527
编辑热线：	（010）65369533
网　　　址：	www.peopledailypress.com
经　　　销：	新华书店
印　　　刷：	河北大厂回族自治县彩虹印刷有限公司
开　　　本：	710mm×1000mm　1/16
字　　　数：	160 千
印　　　张：	12.5
印　　　次：	2014 年 11 月第 1 版　　2014 年 11 月第 1 次印刷
书　　　号：	ISBN 978-7-5115-2818-6
定　　　价：	38.00 元